熱いうちに喰え

空志土
Sorashido

東京図書出版

熱いうちに喰え◇目次

第一部

悲しい程に澄み切った空の下、雪が残る山道を外れた一台の4WDが急斜面を滑る様に転がり落ちていく。

一、DEAD END

クリスマスイブ、ネオン煌めく横浜、とあるビルの屋上。

一人の男が胡坐をかいて酒を飲んでいた、男の名は工藤大河、しょぼくれ三十八歳、傍にプレゼントの様な袋がある、大河はそれを愛おしそうにさすりながら天を見上げた。

「もういっか、つまんない人生だったな、そろそろ会いにいこう」

柵に足を掛け下を見下ろす大河、しかしもう一つ踏ん切りがつかない、痛みは一瞬かもしれないがもし変に打ち所がよくて半身不随にでもなったらどうしようと妄想が頭の中を駆け巡る。

その時カンカンカンと誰かが階段を駆け上がってきた、咄嗟に身を隠す、すると一人の女が現れいきなり柵に足を掛けた。思わず飛び出し女の腕を掴む大河、のつもりが暗くて胸を掴んでしまった、小ぶりだが柔らかくて張りがある、驚き目をむく女。

「何やってんだ、馬鹿な事やってんじゃない、やめろ」

「離せ変態、人の乳掴んで言うセリフか、し、死ぬんだよ」

この女今宮楓、二十四歳、元ピアニスト、訳あって休業中。

「あ、悪い、でもな俺が先だ、死にたきゃ俺の後に飛べ」

「はぁ？　訳わかんないし変態、あんたの後に飛んだら心中と思われるじゃん、絶対やだ」

「お前馬鹿か、どっちが先でもそう思われるに決まってるだろ、こっちだっていい迷惑だ」

十二月の風は冷たく、雪が舞い落ちてきた。

「うわぁ～キレイ、なんかクリスマスっぽくていい感じ」

「何が綺麗～だよ、その綺麗な物を血で染めようとしてたくせに」

「あんたに言われたかないわ、もういい、しらけた、帰る、勝手に飛んで死ねばいいんだ」

楓は踵を返し階段を下りていく。何故か大河も付いて下りていく。

「なについて来てんだよオヤジ、キモい、ついてくるな」

「クリスマスイブだろ、やっぱ今夜はまずいよな、聖なる日だしやめとこ、ホントそうそう」

「ビビっただけだろ、ヘタレ」

「お前、その口の利き方何とかなんないのか、年上に向かって」

「そっちこそお前お前ってウザいんだよ、ちゃんと、楓って名前があるんだよ」

「カエデ、秋になったら沢山その辺にワサワサ落ちてるやつか」

振り向きさげすむ楓。

「やっぱあんたさぁ、さっきんとこ戻って飛んでくれない？　今なら拍手しながら笑って見てられそう、イッツショータイムって感じで」

「冗談だろうが、こんな口の悪い女初めてだ、酷でぇ女」

「あっ」

楓、急に立ち止まる。

「ねえ？」

急に口調が変わった。

「お腹が空いた」

目の前に一軒のラーメン屋、名前は「元」、湯気と外の寒さで店内は曇ってて見えないが、ダクトから優しい匂いを漂わせている。

「命の恩人にラーメン一杯、奢ってくれないかなぁ」

「何が恩人だよ、こっちのセリフだ」

「何よ、あたしがいなけりゃあんたさぁ、今頃この世にいなかったでしょ、その辺に脳みそとか飛び散らせてたんじゃないの、それに乳触ったろ」

確かにそうだとしても順序が違う、それにこの女の口上にはやたら腹が立つ、

「そんなのてめえの金で喰え、こっちの知ったことか」

足をぶらつかせてうつむく楓、

「ないんだ」

「は？」

「ないんだよお金が、さっきもう最後だと思ってスイーツ食べまくっちゃってさ、だ・か・ら」

「はーん奢れってか、あんだけ言いたいこと言ってかよ」

楓は舞い落ちてくる雪を手の平で受け止めようとしていて、大河の言葉は聞こえてない。

大河も極度の緊張感から逃れたせいか腹が減ってきた。

「まっいっか」

店に入ると、湯気の向こうに店主がいた。王源造六十歳。

「いらっしゃい」

「俺はとりあえずビール、それからラーメン二杯」

「一つチャーシューメンにして」

この女は遠慮を知らない。

呆れ顔でグラスにビールを注ぐと一気に飲み干す大河。

「くぅ〜、旨い」

さっきまで死のうとしていた男とは到底感じられない。

「あんたさぁ、さっき自分が何しようとしてたかわかってる？」

「お互い様だ」

「やめてよ、お互い様なんて言われたくない、あんたイブで一人寂しく飲んでただけなんじゃないの？」

その時目の前にドンとラーメンが出て来た。

「熱いうちに喰えよ」

店主の強い語気にたじろぐ二人。

「あっはい、いただきます」

茶褐色に澄み切ったスープ、厚切りの手巻のチャーシューが二枚、キクラゲと多めのネギ、優しい香り、油の匂いが鼻腔をくすぐる。

「いっただきまーす」

楓はかぶりつく様に麺をすする。

一口、二口麺をすすり上げどんぶりを抱え上げスープを吸う。

「旨っ、最高、またこのトロトロチャーシューが何とも言えない」

「さっきのお前の言葉そのまま返すよ」

「だって寒いのもあるけど本当美味しいもん、でも不思議だね、どんなに落ち込んでてもやっぱりお腹が空いて、そんな時ラーメンって、スッと入るよねぇ」

大河、かなりムカついてきた。

「調子くれてんじゃねえぞ、何が美味しい最高だよ、お前がどうだかは知らないけど俺はな」

財布から一枚の写真を出した。

「俺の家族だ……いや家族だった」

野球のユニフォームを着た坊主頭の男の子と大河と微笑む女性、幸せそうな家族の写真。

「ひと月前、事故で二人共死んだ、俺がもっとしっかりしてたら守れた命だったのに」

グラスを握り締め涙ぐむ大河を見て箸を置く楓。

「ごめん、そんなこととは知らなかったからあたし」

「お前に怒ってるんじゃない、自分自身が許せない、俺は生きてちゃいけないいんだ」

沈黙が店内を漂う、その時大河の前にドンとビールが出て来た。

「奢りだ、悪いけど声が大っきいからさぁ聞こえちゃったよ、クリスマスプレゼントだ」

驚く二人、なんとなく気恥ずかしかった。

店主も自分のグラスにビールを注ぎ飲み干すと、

「生きてりゃいろいろあるよ、わしにもあんたたちにも、でもな頑張って前向きに生きてりゃいいことも悪いこともいつか一つに繋がって、生きてて良かったって日がきっと来るから、弱い自分はさっき死んだって思ってもう一度、頑張りな」

「いただきます」

大河も出してもらったビールをグラスに注ぎ一気に飲み干す。

「俺、若い頃からレストラン、居酒屋とかを経営して、最初は大変だったけど儲かってくると人に任せて遊び呆けて、挙句の果てに店も無くなり家族も事故で死にました」

黙って聞いていた楓が呟いた、

「本当に大切な物って失くして初めてわかるんじゃない？」

再度、重い沈黙が漂う。

楓は一気にスープまで飲み干し、

「ご馳走様、もう会うこともないだろうけど、お互いしれっと生きてみようよ」

その時店主が胸を押さえてしゃがみこむ、

「うっうう」

厨房に入って抱き起こす大河。

「楓、水、水を頼む、早く」

「あ、はい」

いきなり名前を呼ばれて戸惑う楓、慌てて水を渡す。

「大丈夫ですか、救急車呼びましょうか？」

薄ら目を開く店主、差し出された水をゴクリと飲んで、

「大丈夫、持病なんだ、薬飲んで休んでりゃあ大丈夫だ、そこのレジの下に薬があるから取っ

てくれるかい」

　渡された薬を飲み大きく深呼吸。

「ありがとう、もう大丈夫、しかしちょっと横になりたい、悪いけど奥に連れてってくれるかい、今日の分は奢るから」

　言われるままに奥に連れて行き万年床の様な布団に寝かせた。

　カウンターに戻ったが、あまりの展開に呆然とする二人。

「どうするの？」

「どうしよう」

　店内を見渡す大河、まったく片付いていない状況を見て、

「とりあえず片付けないとな、火も落としてないし、このままってわけにはいかない」

　グラスとどんぶりを流しに浸ける大河。

「楓はこっちの水周り頼むわ、俺は火廻りやるから、ぱっぱっとやってしまおうぜ」

　そう言うと慣れた手つきでテキパキと片付け始める大河。

　一時間程で何とか片付いた、楓はほぼ何もしていない。

「終わったー」

「お疲れっ」

　奇妙な連帯感と充実感。

「どうするの、これから？」

「おれは今晩ここいるわ、戸締りとか、親父さんも心配だしな」

「そう、じゃああたしは行くね、色々言ってごめん、ごちそうさま、もう会うこともないだろうけど頑張って死ぬな」

楓が入り口を開けるといきなり冷気が吹き込んできた。辺りは薄らと雪が積もっている。

ぶるっと肩を震わせる楓。

人生には大きな分岐点が時折やって来る、今夜雪が降り積もってなかったらこの二人の物語はここで終わっていた、扉を閉めた楓。

「やばい、あたしもここいるわ、寒いの苦手なんだ」

「この時期珍しいなあ、雪が積もるなんて、まあいいか、もう一本飲もう、雪見酒だな」

嬉しそうにビールを抜いてグラスに注ぐ大河。

「何やってんの、泥棒、アル中か？」

「ちゃんと払うよ、さっき言い過ぎたとか言ってなかったか？」

「旨いの、苦いだけでしょ」

「一生懸命働いた後のこの一杯たまらんね」

「一杯じゃないじゃん、ほれ」

大河の前に、グラスを出す。

「あたしも喉乾いた、ほれ」

「なんだよ、ほれほれって、何もしてねえくせに、たくぅ」

なみなみとグラスにビールを注いだ。

「あたしワインなら結構好きなんだけどな」

楓、一気に飲み干す。

「くぅ～」

「だろ、な」

大河、何となく笑顔。

「やっぱり苦いよ」

「この苦さが人生だよ、これがわからないのはまだ一生懸命さが足りなかったんだ、きっと」

「あんた偉そうに言ってるけどさ、さっき自分で人生終わらせようとしてなかったっけ」

楓は慣れないビールを飲んだせいか急激に睡魔が襲ってきた。

「あたし寝る、いい女だからって変な気起こすんじゃないよ」

「誰が」

小さな座敷に座布団を広げ横になる楓。

「なあ一つ聞いていいか？」

「なに」

「今日なんで死のうと？」

「言いたくない、言ってもわかんないよ」

「そうくるか、ひとが心配して聞いてみりゃばかにして」

この上なく可愛げのない楓。

「ごめん、まだ気持ちの整理がついてないんだ、だから今は言いたくない。それに……」

「なんだ今って、朝になればお別れだろう」

「そっかそうだね、それでいいじゃん、おやすみ」

窓越しに外を見る大河、もう雪はやんでいた。


トントントン、トントントントン、リズミカルな響きに目覚めた大河。

「おはようございます、昨晩はどうも、もう仕込みですか？」

源造、手を休めずネギを刻んでいる。

「ああラーメン屋の朝は結構早いんだよ、米研いだり野菜切ったり、でも一番はスープだな」

大きな鍋の淵から湯気が立ち昇っている。

「ガラが三割、水が七割、香味野菜、一掴みの岩塩、沸騰したらしっかりアクを取って濁らせない様に弱火で三時間、これで美味しい鶏がらスープの出来上がりだ」

やたら細かく説明されても、ただただうなずくしかない大河。

「しかしあのお姉ちゃん、よく寝てるなぁ」

「起きてるよ、うるさい！」

背中を向けたまま悪態をつく楓。

「わかんないかなぁ寝起きなんだ、トイレにいきたいからむこう向いてて」

源造が苦笑いしながら大河に小声で、

「あの子、どこかの女王様か？」

大河、苦笑い、トイレに駆け込む楓。

確かにこの女、女王と呼ばれていた時代があった、十代半ばで彗星のごとく現れ、あらゆるピアノコンクールの賞を総なめ、天才ピアニスト『彩矢《サイヤ》』の名で十七歳でデビュー、そのアルバムはクラシックとしては超異例の十万枚超え、名実共に若き女王として君臨していた。

しかし天才であるがゆえに優れた音楽家や芸術家たちが迷い込んだ禁断の迷路を彷徨うことになる、創造と破壊をテーマに新しいピアノスタイルを作ろうとした。

結果、あちこちで摩擦と衝突を繰り返し、デビュー前から温かく見守り育ててくれたマネージャーや仲間たちと大喧嘩。居たたまれずミーティングルームから飛び出す時に、不注意から鉄扉に左手薬指を挟み複雑骨折、暫くの間休養を余儀なくされる。

医師の診断ではリハビリがうまくいけば大丈夫とのことだった。だが日常生活なら問題なくても、ピアニストとしてまた活動が出来るかどうかは保証は出来ないとも言われた。

懸命のリハビリに取り組んではみたが、なかなかうまくいかず雑音ばかりが聞こえてくる。若くして女王と呼ばれていただけに誹謗中傷は激しかった。

再起不能、自業自得、辛辣な言葉が毎日耳に飛び込んできた。

最後まで楓を見捨てず守ってくれたプロデューサーの黒田との口論、リハビリをやめてしまった楓に、

「なぜ諦めてしまうんだ、君からピアノを取ったら死んでるも同じじゃないのか？」

一番言われたくないことを言われて楓、マジ切れしてしまった。

「上等じゃん辞めるよ、ピアノなんて元々そんなに好きでやってたわけじゃないんだ」

売り言葉に買い言葉でとうとう最後の砦すらも失ってしまった、それが昨日の話。

「出来たぞ、朝飯」

楓もコンディションが整ったのか、トイレからのそっと出てきた。

テーブルの上に小鉢が並んでいる、ご飯、卵焼き、味噌汁、漬物、納豆、優しい香りと湯気が立ち昇っている。

「最高ですね、日本の朝御飯じゃないですか、久しぶりですこんなまともな朝飯、な、楓」

「なって一緒にするな、あたしはいつも食べてたよ、クロワッサン、スクランブルエッグ、スープ、サラダにヨーグルト」

「同じだよ、パンがご飯、卵焼きがスクランブルエッグ、味噌汁がスープ、漬物がサラダ、納豆がヨーグルト、だろ」

大河のこじつけを鼻で笑う楓。

「別に文句つけてる訳じゃないから、でも納豆がヨーグルトって無理あるんじゃないの、あんた能書き長すぎ、せっかくの美味しそうな朝御飯冷めちゃうじゃん」

「けっ、あ〜言やぁこう言う、本当に口の減らないやつだ、たくぅ」

黙って聞いていた源造、大笑い。

「たまらんねぇあんたたち、いいコンビだ、まあ取りあえず食べよう、漫才の続きはまた後で」

コンビと言われて気に入らないとばかりに思いっ切り顔を背ける二人、それを見てニコニコしながら飯をよそる源造。

「さあ食べよう」

『いっただきま〜す』

うっかりハモってしまった二人、それを見た源造、再び大笑い。

「まったくいいコンビだ、わっはっは」

もうその話は止めてと言わんばかりに飯を掻っ込む楓。しかし納豆には手を付けない。

それを見ていた源造、

「お嬢ちゃんは納豆嫌いか？」

「そのお嬢ちゃんってやめてくれない、もうそんな年じゃないし楓でいいから。折角出してもらって悪いけどダメなんだそれ」

納豆を飯にかけて食べている大河、口の周りを粘らせながら、

「体にいいんだぞ、納豆もヨーグルトも同じ発酵食品じゃないか」

「あ〜もうわかったからあたしのもあげるよ、このネバネバあんたみたいだ」

源造は必死で笑いをこらえている。

「飯の時に喧嘩するんじゃない、無理して食べなくていいから」

「なんだよネバネバって、人を菌みたいに」

「あんた名前なんてんだ、わし源造、王源造っていうんだ」

「すいません遅れました、工藤大河です」

食事が終わり片付ける二人、別れの時間がやって来た。

荷物を持ち店を出ようとする二人に源造が声を掛ける。

「ちょっと待ってくれないか」

突然呼び止められ戸惑う二人。

「どうかしました？」

大河の問いにうつむく源造。

「頼みがあるんだ、わし病気なんだ、昨夜見たろ、心臓がちょっと」

「はあ……」

大河は嫌な予感がした、楓がうなずく、

「わかった病院に連れていって欲しいんだ、いいよ別に、ご馳走になったしそれぐらい」

「病院には行くけど、入院しなきゃいけないいんだ三カ月程、それで」

大河の嫌な予感がズンズンと増幅してくる。

源造がいきなり深々と頭を下げ、

「頼む、お願いします、その間この店見てくれないか、この通りだ、大河くんなら出来る」

何度も何度も頭を下げる源造。

「無理ですよ、ラーメン屋なんてやったことないし」

「大丈夫、今すぐって訳じゃない、入院まで何日かあるからちゃんと教える、孤独な老人を助けてくれないか」

楓、大河の背中をポンと叩き、

「いいじゃんやってあげれば、あんた夕べ言ってたじゃん、今まで馬鹿なことばっかやって来たって、たまには人の役に立つことやってあげれば」

「たまにってお前に何がわかるんだよ、マジでむかつく」

「だってあんた、死ぬつもりだったんだから、行くとこないんじゃないの」

痛いところを重ねて突いてくる楓。

二人の言い争いに呆気に取られていた源造が口を開いた。

「喧嘩はやめてくれ、無理なお願いだとは重々わかってはいるんだけれど、三カ月も店閉められないし、経費はこっちで払う、売上の半分はそっちが持って行っていいから」

半分くれると言われても、売上がいくらあるかもわからないのに返事に困る大河。

「二階に二間あるんだ、そこも自由に使ってもらっていいし食費もうちが持つから」

「でも自信ないですよ、ラーメンは」

源造、大河の腕を掴み、

「大丈夫だよ、店やってたって言ってたから料理はできるんだろ」

「まあ、それなりには」

「わかった、やるよ」

いきなり楓が会話に入って来た。驚き振り向く二人。一番驚いたのは源造、彼女の言葉は想定外、大河がやってくれればと思っていた。

「あたしも色々あってさ、暫く家に帰りたくないんだ、だから大河を手伝うよ」

いきなり呼び捨て、大河気に入らない。

どうやらこの女、住み込み食事付きに心ひかれた様子。

「いい加減にしろよ、俺に言ったよな、行くとこないだとか、たまにはいいことしろだとか」

「わかった謝るよ、ごめんなさい、いいだろこれで」

全く謝意の感じられない楓の言葉。

源造、手をポンと叩き、

「決まった、ありがとう、恩に着るよ、二人とも」

慌てる大河。

「ちょっと待って下さいよ、まだやると決めたわけじゃ」

「あたしもあんたも行くとこないんだし、王さんも困ってるし、大河がやるって言えば、ねっ」

再び呼び捨て大河。

「何が、ねっだよ、お前何かできんのか？」

「いやぁ別に、でもさ最初は出来なくても一生懸命頑張れば出来るようになるって」

「お前のその言葉が一番怪しい」

「ちゃんとやるって、キャプテン」

キャプテンと言われ大河の心が少々揺れた、小学生の頃、出ると負けの弱小野球チームだったがそこでキャプテンをやっていた。

それとこれとは全く関係ないが、楓のせいで断れる雰囲気ではなかった。大河、一応念を押す、

「本当に三カ月だけですね？」

「約束するよ、何、医者が言うんだから間違いないよ」

「わかりました、出来る限りのことはやります、でもねえ、あいつとっていうのが」

「何が不満なんだよ？」

源造、やっとまとまりかけた話が壊れては大変と、慌てて二人の中に割って入る。

「大丈夫だよ、楓ちゃん、立ち居振る舞いは凛としてるし美人だし、それにラーメン屋だからそんなに愛想振りまくこともないから」

「あの口の悪さはどうなんですかね」

源造、聞こえないフリをして鼻歌交じりで暖簾を出している。

「さあ開店だ！」

空は昨日の雪空が嘘の様に晴れ渡っている。

二人の修業が始まった、それぞれ役割分担することに、大河はスープとチャーシュー、楓は野菜などの切込みと掃除に接客、源造、冷蔵庫から大きな肉を取り出すとまな板の上に拡げる、新聞紙ぐらいの大きな豚バラ肉。

「さっきスープは大体教えたから、次はチャーシューだ、よく見てな、まず四等分に切って大きさ、厚さにムラが出ないように成形、そしてこれをタコ糸で巻いていくんだ」

源造、輪っかを作りクルクルと端から器用に巻いていく、

「ここんとこが大事だ、ここが緩いと切ったときにばらけたり断面が綺麗にならないんだ、やってみろ」

教えられた通りに、見よう見まねで器用に巻いていく大河。

源造も満足そうに見ている、

「文句なしだ、やった事あるのか？」

「前、店やってた時にローストビーフとか巻いてたんで、でもこれ巻かなくちゃいけないんですか、よくそのままで焼いて出してる店もあるみたいですけど」

「洒落たもんやってたんだ、それを巻くのはだな、最初一時間程下茹でするんだけどその時に旨味が流れ出てしまうんだよ、まあこっちは大丈夫そうだな、あとは楓だな」

振り返るとそこには誰も居なかった。

「やっぱり逃げた、だから言ったでしょう、あいつには無理だって」

寂しくうつむく二人、その時裏口から楓が帰って来た。

「ただいま」

楓の言葉が妙に身にしみる大河。最後にその言葉を聞いたのはいつだったかも思い出せない。

「なんだよ、あたしが逃げたと思ったの？」

肯定も否定もしない二人、でも笑顔。

「買い物行ってきたんだ、何も持ってきてなかったし、女の子はいろいろあるんだよ」

「だってお前、金無いからラーメン奢れって」

「大河馬鹿じゃないの、あの時間にカードでラーメン食べる？　現金がなかっただけだよ」

相変わらず口が減らない楓、でもいなくなったと思った時に一抹の寂しさを感じたのは本音だった。

「いいじゃないか、こうして戻ってきたんだし、さあ楓ちゃん始めようか」

「言っとくけどあたしもう逃げないから、昨夜王さん言ったよね、弱い自分は死んだって思ってやり直せって、あたしあの言葉心に染みたよ、このまま終わりたくないんだ」

楓は自分に言い聞かせていた、黒田の言葉がまだ耳に残っている、やはり自身が思い描いた未来を簡単に諦められない、そんなことを考えていたら目の前に大量のネギが積まれていた。

「まあ細かいことは後で、今はこれだ、楓ちゃん、取りあえずこれを小口切りでな」

「なにこれ？　小口切りって？」

突然の大量のネギに戸惑う楓、唇を小口にすぼめ、

「あたしやったことないんだけど、包丁一度も握ったことないし」

「その小口は要らない、けど女の子が一度も？」

「うん一度も触ったこともない、でもやる、やってみたいんだ」

小さい頃からピアノの世界で生きてきた楓にとって指先を傷付ける様な物は全て排除され、小学校低学年の頃から真夏でも手袋は必ず付けていた。

「おいで楓ちゃん、考えるより前に取りあえずやってみよう、ゆっくりでいいから」

源造はやたら楓に甘い、源造がリズミカルにネギを切っていくのをまじまじと見ている楓、

「二拍子か、わかったやらせて、できるかも」

袖をまくりネギと向き合う楓、次の瞬間、大河と源造は奇跡を見る。驚異的なスピードでネギを切っていく楓。

「凄い、天才だ、楓ちゃん」

初めてとは到底思えない、尋常ではない正確さと速さでリズミカルに同じ大きさで刻んでいく、楓、気分がいい、ピアノ以外で天才と言われたのは初めてだった、少し調子に乗る。

「ま、これくらいは余裕かな」

「素晴らしい、でもちょっと違うなぁ」

「えっそうかなぁ、結構いい線いってない？」

「見た目はそうだ、けど触ってみな」

「あ、ほんとだ」

見た目はほとんど変わらないが、触ってみるとその差は歴然としている、源造が切ったネギはカラッとしてるが楓の切った方はベチャベチャだった。

「どうして？」

「楓ちゃんは、切ってるんじゃなくて叩いてるんだよ、だから旨味とか水分が滲み出てそうなったんだ、ほんの少し手首をしなやかに使ってスライドさせれば完璧だ」

「そっかあたし、叩くのが仕事だったから」

楓は前に黒田が言った言葉を思い出していた。

『君の正確で攻撃的で叩きつけるピアノは、それはそれで他の追随を許さない素晴らしいものだ、だけどそこにしなやかさが加われば近い将来きっと世界にいける』

今やっとあの言葉の意味がわかった、

「今更遅いか」

源造、楓の言葉をはき違え焦る、

「全然遅くないって、速すぎる位だよ」

大河、少し気になっている事があった、

「王さん、このタレは醤油ですか、何か違う気がするんですけど」

見た目は普通の醤油だが何とも言えない含味香がある、大河もタレは大いに気になるところ。

源造、ニヤッと笑みを浮かべ、ドヤ顔で棚の奥からラベルのない一升瓶を取り出した。

「よく気が付いたな、ベースは九州の甘口の醤油と関東の少し辛口の醤油だがな、隠し味にこれを入れる、嗅いでみろよ」

蓋を開け匂いを嗅ぐと強烈な発酵臭、思わず顔を背ける大河、

「これはあれですか、魚醤だと思うけどナンプラーとは違う優しい香り」

「これはな、岐阜県で作っている魚醤だ、あたりが柔らかいから日本人に合ってるんじゃないかな、配合も後で教えるから、だけど絶対内緒だぞ、守秘義務ってやつだ」

この隠し味がこの店の独得の風味を作り出しているらしい。

十一時を少し過ぎた頃、ぼちぼち客が入って来た、『いらっしゃいませ』が木霊する、だが楓は無言、大河が楓の傍に行き耳元で呟く。

「せっかく来てくれてるお客さんにちゃんと声出せよ」

「苦手なんだ、そういうの……」

「苦手ってなんだよ？　お前も自分でやるって言ったんだからな、仕事が出来る出来ないは別としても声を出す出さないは意識とやる気の問題だ、それが仕事なんだよ」

「悪かったな意識低くて、けどあんた、店潰したって言ってたよね、そんな高い意識持ってたんならどうしてここにいるんだよ！」

大河萎む、源造がすかさずフォロー。

「大丈夫だ楓ちゃん、いいからいいから、誰でも客商売最初の頃はそんなもんだよ」

朝から二人のやり取りを見ていたせいでいいタイミングで割って入ってくる。

「王さん、楓に甘いんだから」

楓の辛辣な言葉に憤りが収まらない大河。

「楓ちゃんも昔のことほじくっちゃ駄目だよ、生まれ変わって頑張ろうってしてるんだから」

「そうだね大河、ごめん」

しおらしく謝る楓、流石に言い過ぎた。

「さあ仕事、仕事、大河、麵上げ教えるから、やってみるか？」

「あ、はいやります」

茹麵機の前に立つ源造、

「まず大事な事は必ず沸騰した状態からやること、そしてこれが麵ザル、このザル一つで麵を一つ茹でるんだ、麵を入れたらかき混ぜて粉を落としてぬめりを取る」

大河、自分の店でもパスタなどやっていたのですぐコツが掴めた、この店で使っている麵は100％国産小麦で、中太の多加水麵、かなりコシが強い麵だった。

茹で時間は二分が基準、硬麵、柔麵は自分で覚えろとのこと。

「よし！　大河、今日ここは任せるよ、出来るよな？」

「やります、任せてください」

意気込む大河、少し楽しそう、茹麵機が四槽式で客の入り具合で前後するのが多少難しかったが、一時間も過ぎた頃には器用に使いこなしていた。

午後二時、客足が少し途絶えてきた頃、一組の家族連れがやって来た、小学校高学年位の女の子と弟、両親。馴染みらしく笑顔で声を掛ける源造、

「久しぶりだねぇ、入院してたって聞いたけどもういいのかい？」

「はい、すっかりではないですけど、今日はクリスマスだし、夜は美輪と子供たちとのんびりと。でも昼ご飯にここのラーメンが無性に食べたくなって」

「嬉しいねぇ大河、楓、この人この子達位の時からの付き合いなんだ」

微笑みうなずく二人。

「楓ちゃん、そろそろ器を洗っといてくれるかい？」

「はぁ～い、やります」

楓、源造にはとっても素直。

「で、どこ？」

辺りを見回す楓、大河は楓が何を探しているのか何となく分かったが取りあえず聞いてみる。

「何を探しているんだ？」

「あのガシャーンってするやつ、家にもあるから出来るよ」

楓、自信満々に言い放つ、どうやら洗浄機を探している様子。

「お前なあ、小さなラーメン屋にそんなもんあるわけないだろ、手で洗うんだよ」

「えっマジ！」

驚く楓、それを見た源造、

「まあ、小さな店っていうのは余計だが確かにそうだよ、ひとつひとつ手で洗うんだ」

「出来ない、やったことないし」

確かにそうだった、洗い物は勿論、スポーツもバレーボールや、鉄棒、その他指先に負担がかかるもの全て許されなかった。

「楓、いい加減にしろよ、声は出ない、洗い物は出来ない、何の為にここにいるんだよ！」

存在意義を否定され楓は唇を噛んで耐えている。

その時、家族連れの女の子がトコトコ楓の前にやってきた。

「お姉ちゃん、お喉痛いの？」

「えっどうして？」

「そのお兄ちゃんが、声が出ないって言ってたから、これあげる」

ピンクのポーチから小さな飴玉一つ差し出した。こらえていた思いが瞳から溢れてくる、しゃがみ込み目線を合わせ女の子の手を握り締める楓。

「ありがとう、もう大丈夫だよ」

涙を拭い優しく女の子の頭を撫でて、

「お名前は？」

「ひかり、漢字一字で光、弟は駆」

「光ちゃんに駆くん、可愛い名前だね、ありがとね、お姉ちゃんお仕事頑張る」

楓はこの小さな女の子のお陰で初めてやさしさの意味がわかった。してあげるのと、してあげたいとの違い。楓のピアノはいつも前者だった、女王と呼ばれていた頃は、言葉にはしなくても、心の何処かで聴かせてあげている、弾いてやっていると思っていた。

優しく見守っていた父親が光を呼んだ、

「光、お姉ちゃん達、お仕事中だからこっちにおいで」

源造が詫びた、

「すいません、見苦しいとこ見せちまって」

「いえ、入院してて暫く会ってなかったから、娘の成長に私もじんと来ちゃいました」

家族連れの注文を出し終えた源造、楓を呼んで金を渡すと、

「悪いけど、そこのコンビニで買い物してきてくれるかい？　洗い物で手が荒れるといけないから、ゴム手袋、そして」

もう一度楓の耳元で、

「あの子達に、なんか美味しそうなアイスクリームをな」

まだ目が少し赤い楓、笑顔でうなずく、源造の気持ちが嬉しかった。心からあの子達に何かしてあげたいと思っていた。

「はい、行ってきます」

楓が行くのを見届けると、源造、大河を厨房の奥に呼んだ、

「大河、さっきのなんだいきなり、光ちゃんの方がよっぽど人の使い方が上手だよ」

源造、かなり怒っている、

「大河、店潰したって言ってたけど、原因はさっきみたいなことじゃないか？」

大河、無言で聞いている、源造、一息ついて続けた、

「一緒に仕事してて思ったんだ、てきぱきしてるし常に次のことを考えて動いているし、大河

は結構やり手だったんだろうなって、でも人の言うことは聞かなかった」

大河は下を向いたまま一言も喋らない。

「楓が言った言葉覚えてるか？　あの娘やったことがないから出来ないって言ったんだよ、やらないとは言ってないだろう、お前さんだって今から十キロ走って来いって言われたらどうする？　やれない出来ないって言うだろ、それと同じだよ」

源造の言葉はかなり極論だが言ってる意味は理解出来た。

「ただいまぁ」

「お帰り、悪かったねありがとさん、早速楓から渡しておいで」

「はぁ～い」

楓がアイスクリームを子ども達に手渡すと歓声が上がる。源造、振り向き大河に一言、

「後で謝っとけよ、ごめん、それだけでいいよ、あの娘根に持つタイプじゃないから。わしもちょっと行ってくる」

「王さん、俺ちょっと出てきていいですか、珈琲でも飲んで頭冷やしてきます」

「いいよ、六時までに帰っておいで」

源造が出ていくと楓もご機嫌で一緒にアイスを食べていた。

「王さんのも買ってきたから一緒に食べよう」

高級そうなアイスクリームがテーブルに山積みされている、源造は一万円渡したのを後悔した。

アイスクリームもあらかた食い尽くし子供達も満足した様子。

会計を済ませ帰ろうとする父親が源造に語りかける、

「美味しかった、出張とかあちこちでラーメン食べて来て、それはそれで美味しかったんですけど、やっぱりここが一番です、小さい頃から何十年も食べてるこの味が」

源造、悲しそうな顔をして、

「なんだよ改まって、またおいで、わしはずっとここに居るから」

笑顔で光達家族を見送った源造の目に涙が滲んでいる。

「どしたの、王さん」


その頃大河は河川敷を歩きながら、昔の事を思い出していた、二十八歳、若くして創業した大河のもとには、若く優秀なスタッフが集まり、その中でも、杉内、和田という二人の幹部は大河の右腕左腕として支えてくれていた、勿論金は無かったが仕事が終わって飲む安酒、そして残り物で大河が作るつまみが三人にとって最高のご馳走だった。

たわいもないことを夜が明ける迄語り明かした、店舗を増やして、いつかはハワイにも店を出して、一年毎に店長交代してハワイと金髪を満喫しようだとか、楽しい時を共に過ごした。

大河の能力、優秀な人材、業績は右肩上がりで急成長、一年で二店舗となり杉内、和田の両スタッフがそれぞれの店長を務め更に業績を伸ばしていく。

そして子育てがひと段落した妻の優子が、経営管理者として加わり順風満帆のはずだった。メディアなどに取り上げられ、付き合いが広がり、GパンTシャツだった男がブランドで身を固め毎晩のように出掛けるようになった。

最初の頃は、まわりも黙って見ていたが、そのうち酒、女、投資……本業の飲食店が傾くほどの浪費を重ねていった大河、妻も店長達も何度も何度も忠言したが聞く耳を持たない。

挙句の果てには、

「誰のおかげで飯食えるんだ、代わりはいくらでもいるんだよ」

悪態をつく始末、やがて優子は海を連れて出ていき、創業からずっと一緒にやって来た二人の店長も大河のもとを離れていった。

ただ離婚しても息子の海とだけはよく会っていた、小さな頃から教えてきた野球をしたり、ドライブに行ったりと、そこだけには唯一愛情と良心を注いでいた。

誰もが見捨てた大河だったが、海だけは最後まで見捨てずとても慕ってくれていた、それだけに可愛くて仕方なかった、しかしある日突然、連絡が取れなくなる、程なくして優子の再婚を人づてに聞いて心の拠り所を無くした大河、自棄になり店を売り払ってしまう。繁盛店だった為、結構な金額で売れはしたが大河個人の借金が随分あった為、殆ど手元には残らなかった。

パチンコと酒で時間を食い潰す毎日、そんな時優子と海が交通事故で死んだという訃報が届く。携帯電話を止められていた為、大河がそれを知ったのは一カ月も経ってからだった。

更に酒量が増え、朝なのか夜なのか判らない部屋の中でじっとしていた、金が殆ど底をつき住む処も追い出され、夜の街を彷徨っていた時覚悟を決めた、これが昨日までの大河の話。

そんなことを考えていたら、目の前にボールが飛んできた。

河川敷には幾つかのグラウンドがあって、クリスマスでも少年たちが大きな声を出して白球を追いかけている、海も生きていればあの空気の中にいたはずだった、辛い思いを抑えて球を拾い上げ作り笑顔で投げ返す。

海と同い年位の少年が傍まできて帽子を脱いで頭を下げた、

「ありがとうございます」


楓は今コンビニでスイーツの品定めに忙しい、さっきのアイスでは足りなかった様子、その時ウィンドー越しに大河が気難しい顔で通り過ぎていった、そして昨夜二人が出会ったビルを上がっていく。

「あいつ、また」

楓が追って上がっていくと、柵に足を掛け煙草を吸っていた、

「大河！」

ビクッと驚き、咥えていた煙草を落とす。

「又、逃げんのかよ」

大河、落とした煙草を踏み消して、

「なんだよ一服してただけだし、びっくりするだろが、落ちたらどうすんだよ」

「あっそうなんだ」

昨夜は自ら飛ぼうとしていたくせにと思ったが、楓、安堵のため息をつく、絶対音感を持つその耳が感じ取った声のトーンが確かに昨夜とは違う、悲壮感や絶望感はない、小さな頃から音と密着していたせいか会話で相手の心の抑揚が鋭く感じ取れた、その為自分の心も相手に量られそうな気がして長い会話が苦手だった。

「楓、さっきはごめん、俺が悪かった」

思いっ切り頭を下げる大河。

頭を上げない大河を見て楓、大笑い。

「大河、いい謝り方するねえ、いいよもう怒ってないし、それに大切なことあの子に教わったから頭上げなよ」

源造の言った通り、全く根に持たないタイプのようだ。

しかし突然振り返る、

「いや、やっぱり許せない、女の子にあれだけ酷いこと言ったんだ、うん許せない」

急な変貌に動揺する大河、やっぱり根に持つタイプか？

「許して欲しかったらさあ、美味しいもの奢ってよ、イブはラーメンだったし」

「……んだ」

目を伏せ口ごもる大河、

「はあ、なんて言ったの、聞こえないよ」

「今、金が少ししかないんだ」

「じゃあ、あんたさあ、王さんとこで働かなかったら餓死してたんじゃん、マジ笑える、で、幾ら持ってるの？」

「三千五百円だ」

「あっはっは、いいネタ飛ばすね小学生か、いいよあたしが出すからさ、今日終わったら美味しい物喰いに行こうよ、ね」

「いやだ、お前にそこまで笑われてご馳走になれるか、俺が作る」

大河やる気満々、不安そうな楓、

「大丈夫？　変な物喰わせない？」

「俺は一応シェフやってたんだ、任しとけよ」

「不味いから店潰れたんじゃないの」

「お前、言いにくいことを平気で言うなあ、待ってろ、閉店するまでには間に合わせるから、絶対ギャフンといわせてやる」

二人が一緒に戻って来たのを見て源造驚く、

「仲直りしたのか、よかった」

「王さん、今日お店終わったらパーティーしようよ、大河が美味しい物作るって言うからさ」

嬉しそうにうなずく源造、

「そうだな、クリスマスだもんな、夜は休んでゆっくりしようか」

「やったー王さん、バリ男気あるじゃん」

「じゃあ、俺買い物にいってきます、八時予定でいいですか」

「大河、買い物って金ないだろ三千五百円しか、出すよあたしが」

嫌なツボを突かれ大河苦笑い、

「バカ野郎、金をたっぷり使って美味いもん作るんなら二流だ、誰でもできる、そんなもんなくったってな情熱と工夫と愛があれば出来るんだよ」

大河自分で言っててこっ恥ずかしかったが、それだけ言うとそそくさと出掛けた、その間楓と源造は住み込み予定の二階の部屋を片付けることに。

午後八時、約束の時間。

「出来たぞー」

源造は二階から下りてきた、楓は風呂上がりらしく髪が濡れ、石鹸の匂いを連れてきた。

テーブルの上にはズラリと料理が並んでいた。

「どうだ、なかなかのもんだろ、前菜はマグロのカルパッチョ、シーザーサラダ、オニオングラタンスープ、ローストチキンだ」

楓、笑顔で席に着く、

「やるじゃん、美味しそう」

大河は楓にワイングラスを差し出し注ぐ。

「昨日あたしが言ったこと、覚えてくれてたんだ、嬉しい！」

源造もビールを大河と自分のグラスに注ぐ、

「よし、乾杯だ」

楓、一言苦言を呈す、

「だからオジサンはダメだな、違うでしょ、今日はメリークリスマスでしょ！」

「あっそうかそうだな、じゃ改めてメリークリスマス！」

楓、源造も続いて、

「メリークリスマス」

楓はまずカルパッチョに襲いかかる、

「うまっ、刺身もいいけどこれもなかなか」

テーブル真ん中にコンロが置いてある。

「後は鍋だな、いいねえ」

嬉しそうな源造。

「王さんが期待してるのとは違うと思うけど、これが今夜のメイン、チーズフォンデュです」

グツグツと溶けたチーズの入った土鍋をコンロの上に置き小さく火をつけ、

「付け合わせは、海老、ポテトにフランスパン、どうだクリスマス感出てるだろう」

焦げたチーズの匂いが食欲をそそる。

「やるじゃん、あたし大好きなんだ、土鍋に竹串が不思議感出てるけど美味しそう」

早速、竹串に海老を突き刺し、くるっとチーズを付け頰張る楓。

「バリ旨、ほら王さんもやってみて」

「わし、食べた事ないよ」

「いいからあたしの真似して、ね」

恐る恐る、楓の言う通りに食べてみると、

「旨いよ、へぇ〜こんな料理があるんだ」

楓、串が止まらない、大河は嬉しかった、誰かの為に一生懸命料理を作ったのは久し振りだった、一時間足らずで平らげ程よく酔った。

楓もほんのりと顔が赤い、

「ごちそうさま、大河少し見直したよ、美味しかった」

相変わらず上から目線の言い方は変わってないが、それも今は少し心地よさを感じる。

「後は俺が片付けますから、ごゆっくり」

「え、いいの？」

「ああ、作った俺の責任だ」

言ってて不思議な気分だった、自分で店をやっていた頃は絶対言わなかったしやらなかった、下がやる仕事だと思っていたのだ。

少し眠そうな源造、

「じゃあ言葉に甘え眠るか、ご馳走様、おやすみ、明日は八時で」

「じゃあ、あたしも寝よう、今日は疲れた」

「ああ、おやすみ」

楓、階段を上がろうとした時、

「あっ忘れてた」

振り向き、大河の方に寄って来た。

大河、少し動揺。

「意味わかんないけどギャフン、おやすみ」

長い長い一日が終わった。


それから二日間、朝から晩まで修業が続いた、仕事を分担し集中してやれたせいか二人ともひと通りの事は出来るようになった。

三日目朝八時、大河が厨房に下りてきたが誰もいない、楓は予想の範囲内だったがいつもは早い源造の姿もなかった。

「あいつはいないほうがいいけど、源さんは昨夜飲みすぎたか？　まあボチボチやりますか」

入り口を開けて空気を入れ替え、テーブルを拭き上げ米を研ぐ。

「よし、次は朝飯だ」

前日の残り物で作る朝飯、自身の創業当時を思い出しながら手際よく作っていく。

九時になった、まだ誰も起きてこない。奥の座敷で寝ている源造に声を掛ける。

「源さん、もうすぐ朝飯出来ますけど、そろそろ起きますか」

クリスマスから王さんは源さんになった、しかし返事がない、障子を開ける大河、枕もとで呼びかけても全く反応がない。

「源さん！」

布団をはがして抱き起こす、辛うじて息はしているが意識がない、

「楓、起きろ！」

大声で叫ぶ大河。

二階からやっと楓が下りてきた、目をこすりながら、

「何だよ、朝から大声出すなよ」

「源さんがヤバい、救急車、急いで」

事態の深刻さが呑み込めたのか、楓が慌てて出ていこうとする。

「お前、どこ行くんだ？」

「たまに街を走ってるじゃん、捕まえてくるよ」

「馬鹿かお前、タクシーじゃないんだ、携帯で119番だよ、急げ源さん死んじゃうぞ」

救急車がやって来た、搬送される源造に付き添う二人。

救命措置が終わりそのままＩＣＵへ、医師に呼ばれ説明を聞く、何とか窮地は脱し後は意識が戻れば大丈夫との事だったが、このまま入院手術と告げられる、当然二人に選択肢などない。

丁重に医師に依頼し病院を後にした。「元」に戻った二人。

「どうするの、これから？」

突然のことに楓も不安を隠せない。

「まだすべてを習った訳じゃあないからなあ、どうしたもんか」

その時、入り口を誰かが叩いている。見ると先日食べに来てくれたあの子達だった。でも何か様子がおかしい、慌てて入り口を開け迎え入れると泣きながら楓に抱きつく二人。

「パパが、パパがね、死んじゃった、うえっうえっうえっ」

楓、かける言葉が見つからない。

泣きじゃくる二人の後ろに美輪が俯いたまま立ちすくんでいる。

「実は……」

そう言うと美輪は大河の腕を引き子供達から少し離れた。

「もう持って正月までと言われて、退院したんです。せめてクリスマスぐらい好きなことやらせてあげなさいって、お医者様が」

涙を堪えて絞り出す言葉が痛々しい。

「でも、あの日あの人言ってました、もうほとんど何も食べられなかったのに、『元』のラーメンとっても美味しかったって」

美輪は今にも倒れそうに憔悴しきっている。

「ここじゃ寒いし取りあえずこちらへ」

大河、親子を店内に招き入れた、話によると朝五時頃急に苦しみだして救急車で運ばれたがそのまま帰らぬ人に。大河は言うべきか迷ったが源造のことを美輪に伝えた。

重い沈黙に支配される、その時光が、

「ママ、お腹が空いた」

ずっと二人の手を握っていた楓が訊ねる、

「何か食べる？」

「ラーメン」

駆も頷く。

大河と楓、顔を見合わせ頷く。

美輪が諭すように、

「駄目よ、お兄ちゃん達も大変なの、パン買ってあげるから」

「パパと一緒に食べたあのラーメンがいいの」

「言うこと聞いて、お願いだから……」

大河、美輪の肩を優しく叩き、

「こんな時だからこそ食べないと、僕らが今出来るのはこれぐらいだから。楓、やるぞ！」

「だね」

もう楓は、鍋に火を入れていた。

「ラーメンは俺がやるからさ、楓こっち頼む、半熟卵を、ラーメンだけじゃ栄養がな」

「出来ないよ、茹で卵とは違うの？」

「大丈夫だ、教えるから、まず鍋に火を点けて水から五分、箸でゆっくりかき混ぜる、沸騰したら更に五分、火から上げたら冷水に浸けて殻を剝いて出来上がり」

「何で混ぜるの？」

「そうしたら、黄身が真ん中にくるんだ、折角なら美味しそうに作ってあげようや」

「へぇーそうなんだ、わかった、やるよ」

十分後、三人の前に半熟卵入りのラーメンが並ぶ、子供達やっと少しだけ笑顔が出た。

「卵美味しそう、食べていい？」

「いいよ、どうぞ」

「いただきま〜す」

大河、楓も少し笑顔、食事が終わり美輪は子供達を祖父母に預けるために急いで出ていった、通夜や葬式の手配などで大変らしい。大河達も源造の入院準備などに追われた。

「大河、もう直ぐ十一時だよ、どうすんの？」

「もう火入れたしな、やろうか、源さんあんなだし、今の俺達が出来るのはこれしかないしな」

午後三時、源造がいないことに不安がる常連客もいたが、何とか昼の営業が終了。

丁度、病院から源造の意識が戻ったと連絡があり再度向かうことに、途中、楓が尋ねる、

「ねえ、あの親子のこと何て言うの？」

「そこだよな、今伝えていいもんか、でも通夜、葬式って最後のお別れだし、何十年の付き合いだって言ってたから」

想い悩む大河、そうしているうちに病院に着いた。

看護師さんと一緒に病室へ、何と源造結構元気だった。

昨夜の酒がよくなかったらしい、気の強そうな師長さんに随分絞られた様子、二人で営業したことを伝えると喜んだが、

「他には何かなかったかい？」

「実は……」

大河、言葉に詰まる。

「どうした？」

楓が振り向き大河の目を見詰める。

「大河、やっぱり言わなきゃ、長い常連さんみたいだし後になって知った方が辛いんじゃない」

大河も自分の家族の死を人づてに聞かされた時の辛さを思い出していた、今朝あったことを一部始終源造に伝える。黙って目を瞑って聞いている源造の目から涙が溢れる。

「丁度わしと同じ頃にか、もう長くないのは美輪さんから聞いてたんだ、代わってやれるもんならなあ、まだ子供も小さいのに」

いきなり起き上がり点滴を外そうとする源造、驚き慌てて押さえつける師長。

「あなた何する気？　絶対安静の体で」

大河、楓も驚き戸惑う、師長さんの手が源造の首をロックオン。

「あなた今度発作起こしたら死にますよ、発作のサイクルも短くなってきてるし、意識が戻っただけで絶対安静です」

「お願いだ、せめて葬式だけでも、なあ頼むよ」

すがる様に頭を下げる源造。

「もしそこで発作が起きればどれだけの人に迷惑がかかるか考えなさい、へたすれば葬式終わってまたあなたの葬式ですよ」

確かにそう言われれば返す言葉がない、この師長さん言葉はきついが的確に正しいことを言っている、深くため息をつく源造、

「そうだ、お前達わしの代わりに明日の葬式行ってくれないか、店は休んでいいから」

二人に異存は無いが大河には少々問題があった、

「喪服とか持ってないいんですけど？」

喪服も金もない大河。

「大丈夫、喪服は式場で借りればいいし、香典とか必要なものは全てわしが持つから、何も心配しなくていいよ、頼む」

病院を後にする二人。

「ねえ大河、あたし貸衣装なんてやだ、それにデザインとかも、きっとイメージ合わない」

「わざわざ買うのか、一日しか着ない服を、楓は金持ちだなあ」

「そんなにあるわけじゃないけど、大河なさすぎなんだよ、今いくらあんの？」

「……三百円だ」

「あっはっは、ジョークじゃ無いとこがいつもマジ笑える」

楓、高笑い、大河萎む。

「家に帰ればあるんだ、源さんにも余計なお金使わせなくていいし、他にも色々と持ってきた

い物もあるからちょちょっと行ってくる、じゃあね」

帰りながら母親の麗子に電話すると、待っていたかのようにワンコールで出た。

「貴方、一週間も連絡しないで何してたの、捜索願出すところよ、黒田さんも心配して毎日電話してきたわよ」

「ごめんなさい、色々あったけど元気だよ、今、パパ居る？」

「今日はゴルフで朝からいないわよ」

「良かった、今から帰るから黒のドレス幾つか出しておいてくれる」

「ドレスって、貴方、ピアノを？」

「ピアノじゃないよ、葬式、知り合いの」

楓、それだけ言うと電話を切った。

家に戻って門を開けると小さな愛犬が飛びついてきた。

「あらあら、モーツァルト、元気そうじゃん、お前はいつも毛皮着てていいね」

かなりの豪邸、玄関の扉を開けるとそこには仁王立ちの母、麗子がいた、鼻息がかなり荒い。

「楓、ちょっといらっしゃい」

腕を掴まれリビングへ、

「貴方一体どこで何してたの？」

とても話せることじゃない、もしすべて話したらきっと倒れる。

「何の仕事？　変なことしてないでしょうね」

「してないよ、普通の飲食業のバイト、知り合いの人が亡くなったんだけど、うちの社長が具合悪くて、あたしが代わりにって訳」

そう言うとそそくさと二階の自分の部屋に上がっていく楓、程なく大きなスーツケースを持って下りてきた。

「もう行くの？　コーヒー淹れたから飲んでいきなさい」

「うん、いただきます」

香りをかぐと一口、

「あー美味しい、やっぱりママのコーヒー最高だね、いつも毎朝一生懸命淹れてくれてたんだって初めてわかったよ」

今まで、一度もそんなことを言ったことがない娘の変貌に麗子は驚いた。

「貴方、どうしたの、大丈夫？　そんなこと言うなんて、熱でもあるんじゃないの」

やはり信用はすぐには構築されない。

「今働いてるお店の社長さんに言われたんだ、人に何かを食べさせるって大変なことだって、そこに憎しみがあれば殺すことだってできる、でも愛情があれば幸せにできるって」

カップを置き出ていく楓、麗子の瞳は潤んでいる、最初はどんなことをしても引き留めるつもりだったが、楓の言葉を聞いているうちにそんな気持ちが萎えていった。

ツアーなどで殆ど家に居なかったのもあるが、帰ってきても挨拶程度で会話と呼べるものは存在していなかった、何があったのか、麗子には知る由もないが今の楓は愛おしいと感じていた。

門まで見送る麗子、モーツァルトも寂しそう。

「行ってくるね、ママ、モーツァルト」

道に下りた楓、振り向き麗子を見据え、少しはにかみながら、

「似てるんだ、音楽と料理って、一生懸命作る人がいて一生懸命受け止めてくれる人がいる、そこに愛情とか信頼があって、多分あたしのピアノに一番足りなかったもんだよ、じゃあね」

その捨て台詞に麗子、モーツァルト泣き送り。

午後八時、店に戻ると営業していた。

「あれ、今日は休みって言わなかったっけ？」

「都合よく記憶を書き換えるな、源さんは明日って言ったんだ、お前は欠勤だ、サボりだ」

大河、ノートに何か書き込んでいる。

「何書いてるんだよ」

「お前の出勤簿だよ、毎日朝は起きないし、今日はサボりだし、まあ一応けじめとしてな」

呆れ顔で、大河を見つめる楓、

「はあー信じらんない、あたしはさ、源さんの負担を減らしてあげようとわざわざ実家まで喪服取りに行ってたのに」

「そっか、じゃあ今日の分は特別にサービスしといてやる」

「むかつく、何がサービスだよ、自分で喪服も借りられないくせに、あたしに言えんの？」

大河、少しへこんだ。

「三百円しか持ってないくせに」

大河、さらにへこみながら話を変える、

「ところで、お前の後ろにある超巨大な荷物はなんだ？」

「あっそうだ、これ二階に運んで」

「だから、何だと聞いている？」

「喪服だよ」

「お前の喪服ってモビルスーツか？」

それはまるでひと月ほど海外旅行に行く様な巨大なスーツケースだった、しかもなにやらはみ出している。

「女は色々あるんだよ、着の身着のままだったからさあ、だからお願い運んで、か弱いあたしじゃあ無理だから」

「今夜俺一人仕事させて、三百円しかないとか散々こき下ろしやがったくせに調子に乗るな」

「わかった、謝るよ、御免なさい」

相変わらず言葉に謝意がない楓、渋々運ぶ大河に、

「ありがとう大河、そうだあたし自分の枕持って来たんだよ」

「枕がどうした？」

「あたし枕が変わると眠れないんだ、だから朝起きられなくて、お詫びに朝御飯あたしが作るよ、朝九時にね、それからあたしヘアーサロン行ってくるから、おやすみ」


朝十時、店休なので火が入ってない店内は寒くて静かだった。

やはり嘘だった、枕が変わって気持ち良く眠っているようだ。

炒飯を作り始める大河、やっと楓が下りてきた。目と目が合うといたずらを咎められた子供の様に笑う楓、大河は黙ってフライパンを振っている。

「出来たぞ、美容院行くんだろ、早く喰え」

「いただきます、美味しそう」

笑顔で喰らいつく楓、

「怒ってるよね？」

「怒ってない」

「何で？」

「期待して無かったからだ」

「そう言うの、子供に言うと駄目だよ、やる気無くすんだって」

「子供には言わない、お前に言ってるんだ」

「そう、ならいいけど」

子供には言わなかったが、従業員には言っていた。使えないとか給料もらう資格がないとか、罵ることでうっぷんを晴らしていた。

「ご馳走様でした」

しおらしく食器を片付ける楓に大河、

「今朝のことはいいけど、葬式遅れるなよ」

「わかってるよ、二時だったっけ、大河は何時に行くの？」

「取りあえず源さんとこ顔出してから行く、少し早めでも何か手伝えることがあればと思って」


お昼過ぎ、斎場に着いた大河、空は悲しい程に澄み渡っている。

若くして亡くなったせいか、同級生、同僚、光と駆の同級生らしき子供達が大勢いた。

大河は美輪と親族のフォロー、来賓の世話係をかってでた。

楓がやって来た、珍しく一時間も前に、しかし周りの人や親族には目もくれず、光と駆の間に座り込み二人の手を握りしめる。

楓は何も喋らない、でもうつむいていた二人が少しだけ前を向いた、それを見た大河は楓が出掛けに言った言葉を思い出していた。

『ねえ大河、お葬式って亡くなった人を送り出す大事な儀式っていうのはわかるけど、これから頑張って生きていく人には何をしてあげられるの？』

式が始まった、何組かの弔辞が終わり、美輪、親族らの挨拶、悲しく優しいメロディーが流れている、厳粛な空気が漂う中、式辞は進みいよいよ出棺の挨拶、その時、光が叫んだ、

「まだ聞いてないよ、あたしと駆とパパが好きだった歌」

美輪が慌てて尋ねる、

「何の歌？」

「アンパンマンの歌」

ざわめく参列者達、司会者が尋ねる。

「どうしてなの？」

「だってパパ言ってたもん、あたしと駆がこの歌を歌ってあげたら元気が出るって。天国にいくとき元気が出るように歌ってあげたいの」

美輪が奏者に頭を下げ尋ねる、

「弾いていただけますか？」

「すいません、譜面もないしプログラムにない曲を弾くのは禁じられています、後で上から叱られるのは私達ですから」

大河も美輪に寄り添い頼み込む。

「お葬式が亡くなった人を弔う儀式というのはわかります、でもこれから頑張って、生きていこうとする人を応援する場でもあるんじゃないですか？」

参列者の中からも賛同の声が上がる。

その時、楓が立ち上がり奏者の前に、

「どいてあたしが弾くよ、あなたには迷惑かけない、何かあったらあたしが矢面に立つから」

席を立つ奏者が楓に尋ねる、

「どうして貴方がここに？　でもこの曲、相応しくないんじゃ？」

「相応しいとか、そうじゃないとか、それを決めるのはあたし達じゃない、それが出来るのはこの子達だけだよ」

楓の気迫に押された訳じゃない、ただこの世界に生きている者で、楓を知らない人はいない。

キーボードの前に座る楓、鍵盤の白さに眩しさを感じた。

「光、駆、おいで」

駆け寄る二人。

「お姉ちゃん、一生懸命弾くから歌って、あの時の飴のお礼だ」

「うん、でもみんなで一緒に歌いたいの」

光、振り向き参列者に呼びかける。

「ねえみんな、パパが好きだったアンパンマンの歌、一緒に歌って」

光の呼びかけに参列者が全員立ち上がると奏者が尋ねる、
「歌詞は？」
「大丈夫、スマホで検索オッケーです」
参列者から声がかかる、この世代さすがにタイムリー。
「光、駆、いくよ、さん、はい」
『そうだうれしいんだ生きるよろこび　たとえ胸の傷がいたんでも
なんのために生まれてなにをして生きるのか　こたえられないなんてそんなのはいやだ
今を生きることで熱いこころ燃える　だから君はいくんだほほえんで、
そうだうれしいんだ生きるよろこび　たとえ胸の傷がいたんでも
ああ、アンパンマンやさしい君は　いけ、みんなの夢まもるため』
百人の大合唱、誰もが笑顔で泣きながら歌っていた、亡くなった人への思いとこれから頑張って生きていく三人へのエール。
楓も初めて誰かの為に鍵盤を叩いた。
出棺が終わり、帰路に就く二人。楓、少し前を歩く大河に声を掛ける、
「ねえ大河」
少し、ギクッとする大河。
「さっきあんたさあ、朝あたしが言ったことパクったでしょ、しかも丸ごと思いっ切り」

やはり来た、きっとあれを攻撃の武器にして攻め込むつもりだ。

「最高のタイミングだったね、よく言ってくれたよ、周りの人たちも応援してくれたし」

皮肉と言う弾丸が飛んでくると思いきや珍しく優しい言葉。

「あたしも、あの子達の役に立てて嬉しかった、あっ嬉しいとか言っちゃいけないんだっけ」

「あの時の楓、格好良かったぜ、水戸黄門みたいで」

「何だそれ、馬鹿、たとえが古いし違うだろ、だから自分の言葉が出なくてパクるんだよ」

やっぱり弾は飛んできた。

でも今日の楓は本当に格好よかった、子供達への接し方や、曲の時の立ち居振る舞い、本当に大事なことがわかっていると感じた。

「なあ楓、生きてるって大事だな、こんな俺達でも何か出来ることがあるんだから」

「うん、ほんの少しだけどね」

「少しずつでいいよ、出来ることを一つずつやりながら前に進んでいけば」

「賛成、少しずつ前にね、あんたにしてはいいこと言うじゃん、あたしが名言ばっか言うから対抗してない？」

「ほっとけ！」

やっぱりこの女、悪い奴ではないが素直ではない。

「どうするのこれから？」

「晩飯には早いし、俺は明日の食材買って帰るよ、お前休みなんだから好きにすれば」

「了解、じゃあね」

大河と別れて歩いていると、突然背中越しに声を掛けられた。

「彩矢さんですよね？」

その言葉に一瞬固まり驚き立ち止まる楓、

「いいえ、あたしは通りすがりのただのラーメン屋ですけど」

振り返ると喪服を着た女、先程の葬式の参列者の中にいた、顔立ちが派手なので覚えていた。

近づいてきた女を怪訝そうに見詰める楓、そんなに年は変わらない。

女はいきなり笑顔、

「やっぱり彩矢さんだ、間違いない」

「あんた誰？」

「通りすがりのピアノバーのママ、ユキです」

「笑えない、ていうかムカつく、どいて」

「ごめんなさい、悪気はないの」

「悪気があったら引っ叩いてるよ」

「いやだ彩矢さん、叩くのは鍵盤だけにして」

このユキの言葉で、楓完全にバースト、

「うるせぇんだよ、鍵盤とかピアノバーとか、訳わかんないこと並べやがって」

物凄い勢いでまくし立てる楓に驚くユキ。往来での口喧嘩を見て人が集まってきた、喪服の女同士やり合うとしたら、泥沼の遺産問題か愛憎問題、そんなところを期待している様子でユキは楓の手を取りこの場から離れようとするが、

「何すんだよ、離せ」

「ごめん、怒らせたんなら謝るから、取りあえずここは」

「離せ、腹減ったから帰って飯喰うんだ」

「だったらお詫びに美味しい物ゴチするから、懐かしかったの、久し振りだったから」

楓の腕を振りほどこうとする力が急激に緩んでいく、美味しい物、この言葉に反応した、普通は懐かしい、久し振りだとかいう言葉の方が気になるところだが、それは楓の耳にも心にも届いていなかった。

「わかったから離して、行くから」

素直に話を聞いてくれた楓の態度がユキは嬉しかった、懐かしい、久し振りという言葉が気になってついてきたと勘違いしている。

楓の心は美味しい物に蹂躙されていた、程なくして一軒の洒落たビストロ風の店に着いた、楓、いきなりメニューをチェック。

「えっと赤ワインをグラスで、それからチーズ、サラミ、取りあえず追加でスモークサーモン」

呆気にとられるユキ。

「彩矢さん、こんな時間から飲むの？」

「今日は仕事休みなんだ、だからね！」

「彩矢さん、仕事って？」

ワインと料理が運ばれてきた、楓は目を輝かせそれを一口飲むとユキを睨み付ける、

「その名前で呼ぶのやめてくれる、もうあたしピアノやめたから、楓でいいよ」

ユキもビールとピザをオーダー。

「ねえ、さっき私が言ったこと覚えてる？」

「覚えてるよ、美味しい物ゴチしてくれるって、だから来たんだ」

やはり話が噛み合わない、再度メニューを嬉しそうに見ている楓、ユキがそれを取り上げる。

「何するんだよ」

「ちょっとだけでいいから聞いて、十年前プロへの登竜門横浜国際コンクール、私は貴方と同じステージに立っていた」

「そうなんだ、凄いじゃん」

さり気なくかわす楓、まったく彼女には覚えがない。

「貴方は私なんて覚えてる訳ないけど、こっちは忘れたことない、貴方が十五、私が十七、ぶっちぎりで優勝した貴方のピアノに根本から打ちのめされた、父親の事業の失敗もあってそ

こでピアノはやめたんだ」

ビールとピザが出てきた、楓がすかさず反応する、

「それ、美味しそう」

「よければどうぞ、私の話聞いてる？」

「聞いてるよ、でも何が言いたいのさ、あの決勝のステージに立てるのはごく僅か選ばれた人だけ、父親が事業に失敗してもお金が無くてもパトロンはいくらでもいたんじゃないの？」

「いたよ、でも無償じゃ無かった、対価として体の関係を求められたの、それで揉めて、その人協会関係の人だったから、そこでわたしのピアノは終わり」

黙って聞いている楓、食の手は休めないがユキの言ってることは理解できた、とにかくピアノは金がかかる、音大卒業まで数千万、そして卒業しても著名なコンテスト優勝などのキャリアがなければソロプレイヤーとしての活躍など望むべくもなかった。楓の様に十代で日本のトッププレイヤーとして活躍できるのはごくごく僅か、選ばれた者だけが存在できる世界だった。

やっと、楓が口を開いた、

「メニュー返して、それからワインお代わり」

メニューを渡すと嬉しそうに鼻歌まじりで眺める楓。

「ねえ楓さん、聞いていい？」

「楓でいいよ、年下だし同じ元ピアニストだし、あんたは？」

「私はユキ、柳ユキ、今何を？」

「さっき言ったじゃん、ラーメン屋だって」

「えっ、本当なのそれ？」

「本当だよ、マジでやってる」

楓、一瞬目を閉じ深く息を吐いて左手を開いてユキの顔の前に突き出す、指先から根元まで痛々しい手術痕。

「思う様に動かないんだ、ピアノなんて弾けるわけないじゃん」

「怪我をしたのは知ってるけど、さっき弾いたのは？」

「あれは、あの子達に何かしてあげたくて。でもあの曲なら指が一、二本なくたって弾けるでしょ、それよりユキ、注文していい？」

やはりいつも通りの呼び捨て。

「どうぞ、ステージに立っているあの一分の隙もないあなたからは想像もできない」

「すいませーん」

従業員が、やって来た。

「えーと牛スジのポトフとガーリックトースト、それから」

楓、メニュー越しにユキを見る。

「何よ？」

「あと一品よろしいですか？」

「どうぞ、その変な敬語はいらないし」

「シーザーサラダをお願いします」

運ばれてきた料理を片っ端から平らげる楓を見て、ユキはただ笑うしかなかった、目の前にいるこの女が世界をも視野に入れた天才ピアニストだと認識するには努力が必要だった。

「リハビリは？」

「やったよ、でもだめだった」

「ちゃんとやったの？」

「やったよ、もういいじゃん、その話やめようよ、折角美味しい物食べてるんだから」

ユキ、大きく深くため息をつく、

「貴方は私が思い描いた以上の場所に立っていたのに」

食事が終わり携帯番号とメアドを交換してユキと別れた。


楓は満腹、上機嫌で「元」に戻ると大河が小難しい顔をして何かをしている、どうやらスープを作っているようだ。

「あれから葬式の報告を兼ねて源さんの見舞いに行ってきたんだ、お前が子供達の為に曲を弾いたって言ったら泣いて喜んでたぞ、でもその後あの怖い師長さんに呼ばれてな」

楓の顔が曇る。

「どうしたの、もう長くないとか？」

「お前なあ、そういう縁起でもない事サラッと言うな」

「ごめん大河、間が長いんだよ、だから考えちゃうんだよ、オヤジってそうじゃん」

「謝りながらけなすな、まあいいや、それで師長さんが言うには、体力が落ちてるから正月過ぎまではゆっくり養生して体力を蓄えて手術に備えたいって言われた」

「だから？」

「病院では仕事の話は一切しないでくれって」

「それで？」

「明日までは源さんと一緒に作ったスープあるからそれでやる、でも年明けからは俺のレシピでやろうと思う」

「味を変えるってこと？」

「ああ、源さんに負担かけられないし、俺も元職人だ、旨いもん作る自信はある」

楓、いつの間にかワインを飲んでいる、多分クリスマスの残り。

「大河が美味しい物作れるって言うのはわかったけど、ラーメンってそれだけじゃないんじゃない、旨い、不味い以前に思い出とかそんなのも含めてラーメンじゃないのかな」

漠然と感じていた、ラーメンもピアノも技術だけではない事が。

「わかったようなこと言うな、味を安定させるにはこれしかないんだよ」

十二月三十日、今年最後の営業。

開店から、客は途切れなく来てくれた、一週間やってわかったのは、この店結構繁盛店だったこと、源造の無愛想さと店を気分で開けたり閉めたりが客足を遠ざけていたが、常連さんもいい人ばかりだった、午後九時、スープ、食材、全て無くなり営業終了。

片付け、大掃除が終わった時には日付は変わり大晦日になっていた、カウンターにへたりこむ二人、さすがに楓の毒舌もなりを潜めている、よろめきながらビールを取りに行く大河。

「楓も飲むか？」

「うん、頂戴」

疲れた体にビールが沁みる、楓は二杯目を注ぎながら、

「クゥー旨い、でもやっぱ腹減った」

「えっ、マジかよ、もう何も残ってないぞ」

「何かあるでしょ、それで美味しい物作るのがいい職人じゃないのかな、無理だってんならいいけど」

楓の突っ込みは鋭い、疲労困憊の大河をグラグラ揺さぶる。しばしの沈黙後、包丁を取り出した、

「ひと品だけだぞ」

チャーシューの切れ端と玉葱を炒め、卵ご飯を鍋にいれる。

「炒飯いいね！　米、食べたかったんだ」

焼きそば用の麺を刻む大河、それをフライパンに入れ更に炒め始めると楓の顔が曇る、

「何それ？」

「そば飯だ」

「別々にしてくれないかなあ、それ」

それをソースで味付け、焦げたソースの香りが香ばしい。

「出来たぞ、そば飯、喰え」

楓、目の前のそば飯を恐る恐る一口、大きな瞳を閉じて恍惚状態。

「大河やばい、これやばい、米と麺が口の中でデュエットしてる」

瞬く間に平らげた楓、

「いい仕事するじゃん、大河、正月は？」

「別に、金も行くとこもないし、この一週間激動だったからここにいる、楓はどうするんだ」

「家に帰ろうかなって、この前喪服のことで帰ってママとも久しぶりに話せたし」

「そっか、じゃあこれが今年最後の夜だな」

「美味しかった、ご馳走様、寝る、又、来年よろしく」

この前、話の間が長いと言われたが楓は極端に短い。

大晦日、お昼過ぎにゆっくり目覚めた大河、楓も出掛けたのか静かな午後、コンビニで買ってきたおにぎりを食べながら今年最後の日のプランを立てる、昨日、源さんの見舞いに行った時に一週間分給料を貰ったので金もある。

「パチンコ行って飲みに行って、最後は『ゆく年くる年』でしめるか」

一抹の寂しさを感じるものの他にやることがない。戸締まりをしていざ決戦、通り一つ向こうの大きなパチンコ店へ。いきなり掛かった、十連チャン、

「ラッキー、今年最後にいいねえ」

換金したら五万、意気揚々と「元」に戻った大河は豪華な色気のある夜を選択肢に入れていた。

「取りあえず風呂入って考えよう」

浮かれ気分で浴室にパンツ一枚で入ると次の瞬間固まった、楓が寝ていた、マグロの様に、驚き抱き起こす大河、

「どうした、大丈夫か？」

体が熱い、かなりの熱を感じる。

「楓！」

呼びかけに弱々しく目を開ける楓、

「具合が悪い、喉痛い、ゲロしそう」

しかし裸の大河を見て目をむく、

「このエロ親父、弱った女に何するつもりだよ」

「馬鹿野郎、俺は風呂に入ろうと来ただけだ、どうしたんだよ？」

「朝から具合悪くて動けないんだ」

「ちょっと待ってろ、病院行くぞ」

タクシーで源造と同じ病院へ、診察の結果、扁桃腺炎で熱が三十九度を超えていた、インフルエンザでなかったのが幸いだったが、自宅療養二、三日安静にとの事。

受付で料金を払い薬を受け取った大河、店に戻り楓を部屋に連れて行き寝かせた、熱のせいか意識がもうろうとしている楓の頭を冷やし、加湿器をセットして階下に下りる。

ひと息ついてビールを飲む大河。

「あー、折角パチンコ勝って楽しい夜が」

予定が狂い落ち込んでいると携帯がなった、楓からのメール、嫌な予感がする。

『喉痛い、声でない、腹減った』

部屋に入ると芋虫の様に頭から布団をかぶって中から発信しているらしい、第二弾が来た。

『冷たくて、柔らかくて、美味しい物、お願いします、例・美味しいアイスクリームなど（チョコ）が好き』

「例ってなんだよ、単語だけだし」

呆れる大河、しかし病人を怒ってもしょうがない、階下に下りて暫し考える。

「冷たいのはアイスクリームで、後は栄養があって、柔らかくて美味しい物か……そうだ！」

市場に走る大河、街は人で溢れかえっていた、そこでやっと大晦日だったことを思い出す、

「そっか、みんな今から楽しい夜なんだ、それに比べて俺何やってんだよ、でも」

渋々人ごみに交じり食材を調達、「元」に戻り調理を始める大河、

「よし！　出来た、我ながらいいもん作るね」

満足そうに大きく頷く大河、ここまで人の為に何かしたのは恐らく初めて、それが嫌じゃない事が不思議な感覚だった。

「楓、入るぞ」

返事はない、部屋に入ると熱で暑いのか、芋虫が脱皮していた。虚ろな目で大河を見る楓。

「喋らなくていいから、飯喰えるか？」

弱々しくうなずく楓。

「アイスはあとだ、取りあえず栄養のあるもの食べないと、柔らかくてすばらしく美味しい物だ」

美味しい物という言葉に楓、即反応、目を大きく開いた。

「牡蠣と山芋とチーズのリゾットだ、少し冷ましてるから喉痛くても大丈夫だ、栄養あんだぞ」

リゾットとスプーンを渡し、部屋を出ていく大河、

「食べ終わったらまたメール打て、薬飲まないとな」

暫くしてメールが来た。

『ありがとう、美味しかった、ご馳走様』

「こいつ、文章という言葉を知らないのか」

追伸が来た。

『余計なこととかもだけど、今の大河だったら家庭も仕事もきっとうまくやれたんじゃないかな』

「本当に余計なことだ、遅いだろ今更」

薬を持って部屋に入る大河、

「余計なこと考えてないで薬飲んで寝てろ」

大河、即座に出ていった、悲しげに瞳を伏せる楓。

午後十一時、後一時間で今年が終わる、紅白歌合戦を見ながら焼酎を飲んでいる大河、久し振りに出掛ける予定が病人を一人置いていく訳にもいかず寂しい年越し。

その時楓が二階から下りてきた、同時にメールが届く、

『一緒に年越しそば喰いたい』

さっき少し逆立っていた気持ちも酒が薄めてくれていた。

「つたくそれだけ弱っててても飯か？」

楓、喉の痛みで声が出ないのか忙しくメールで返してくる。

『けじめだよ、今年の』

「熱は？」

『だいぶいい』

結局、大河の単語とメールで会話が進む二人。

そばを茹でつゆを注ぎ出来上がり、具はネギ、キクラゲ、チャーシュー、楓、声を出せずに笑っている、左手で器用にメールを打つ。

『なんだよ、麵が変わっただけじゃん』

「メールはいいから喰ってみろ」

『あっホント』

鰹節の優しい香り、

「だろう、明日お雑煮作ろうと思って和風ダシ取ったんだ」

『ちゃんと明日を考えてたんだ』

つゆを吸い麵をすする楓、それを嬉しそうに見ながら大河も麵をすする、そしてまたメール。

『さっきごめんね、怒った？』

珍しく優しいフレーズに大河も微笑む。

「いや、言いたくないこと言うって相手を思いやらないと言えないもんだよ、前の俺なら怒鳴り返してたけど今は少しわかる」

『成長したな』

「その突っ込みのメールはいらないよ」

その時テレビから除夜の鐘、静かに年が過ぎてゆく。顔を見合わせどちらからともなく笑った、まだこの二人は知らない、波乱万丈の新しい年が始まる事を。

二

元旦、二日と静かな時間を過ごし大河も慌ただしい暮れの疲れを取ることができた、楓も本調子ではないのか食事だけはしっかり食べたが、あとは殆ど寝ていた。

三日目、大河が明日からの準備をしていると楓が下りてきた。

「明日の仕込み？」

「ああ、調子はどうだ？」

楓、額に手を当て、

「熱も下がったし大丈夫、面倒かけてごめんね、ありがとう」

「病気の時は仕方ない、口うるさいお前が居なくて穏やかな正月だったよ」

「なんだよ、それ」

「元気になって何よりだって言ってんだよ」

「何作ってんの？」

大河は何か煮込んでいる。

「雑煮の残りで和風ポトフ作ったから後で喰っとけ、俺はちょっと出掛けてくるから」

「どこ行くの？」

火を止め楓を見つめる大河、

「この前お前に言われたこと、考えたんだ。ちゃんと前に進もうと決めたならけじめつけようって、だから墓参りに行こうと思う」

「そうなんだ」

一時間後、大河が出掛けようとした時に楓も出てきた。

「お前も出掛けるのか？」

「あたしも行く」

「えっなんで？」

「暇だから」

やっぱりこの女、何かが違う、電車を乗り継ぎ墓所のある駅に着いた、大河がタクシーを拾おうとすると、

「待てよ大河、手ぶらで行くつもり？」

「あっそうか、そうだな」

「やっぱり来て良かったよ、男は駄目だな、ちょっと待ってて」

少しして楓が戻ってきた、右手に花束を左手になにやら紙袋。

タクシーに乗り込む二人、運転手に行く先を告げ楓と向き合う、

「なあ、一つ聞きたいんだが、その花は？」

「薔薇だよ」

二十本程の真っ赤な薔薇の花束。

「見ればわかる、普通は菊だろ」

「いいじゃん、女は幾つになっても薔薇が好きなんだよ」

「その袋は？」

「酒、昔映画で見たんだ、墓石にブワーって掛けるの」

「それ何の映画だ？」

「忘れたよ」

大河大きく溜め息、そうしているうちに墓所に着いた。海を見下ろせる小高い丘の上に墓はあった、大河は草をむしり墓石を洗う。楓は薔薇を生け、二人墓石に手を合わせた。

「綺麗な所だね、ここで優子さんと海君、仲良く眠ってるんだ」

「いや海はここにはいない、事故の時、川に放り出されたらしく遺体は見つからないままだ。

血の付いた靴だけ川から見つかった」

「え、そうなの、ごめん」

大河、涙が滲む瞳を閉じたまま、

「いいんだ、地元の警察や消防の人たちも何とか遺体だけでもと一生懸命捜してくれたらしい」

暫しの沈黙後、墓を後にした、真っ白い富士山が遠くに見える静かな夕暮れ時、そして楓は運命に導かれここに何度も来ることになるが今は知る由もない。


「元」に戻った頃には夜になっていた、街は正月休み最後の賑わいで、あちらこちら楽しそうな歓声が上がっている。

「楓、これからどうする？」

「あたしちょっと出て来る、三日も籠もりっきりだったからさ」

「そうか、でも病み上がりだし明日から仕事だからな、程々にしとけよ」

「了解」

楓はユキに電話してみた、この前の食事のお礼と新年の挨拶を兼ねて。すると今日から営業してるから遊びに来てと言われ承諾。

「元」から歩いて十分程の処にピアノバー、「コンチェルト」はあった、防音扉の様なドアを開けると、中でユキがピアノを弾きながら唄っている、照れ臭そうに笑ったが弾く手は止めず流し目で楓をカウンターに誘導。

曲が終わりカウンターに立つユキ。

シャンパンで乾杯、一気に飲み干す楓、

「くうー」

ユキ笑いながら、

「貴方、そのルーティン止めなよ、思いっ切りオヤジ入ってる」

「つい癖で、さっきの曲『ムーンリバー』、『ティファニーで朝食を』の中で、風呂上がりのヘップバーンが裏階段の処でけだるそうにギターを弾いてた、好きなんだあのシーン」

「よく知ってるね、五十年前の曲を」

「パパが古い映画大好きで、小さい頃からよく観てたから、好きな曲は音符がデジタル信号みたいになって覚えちゃうんだ」

「やっぱり貴方、普通じゃないわ」

シャンパンがワインに変わり、色んなことを語り合った。

ユキは音大を諦め、暫く夜の仕事をしていたが、やはりピアノから離れられず二年前にこの店を始めた、今は経営も安定し、週二回位、近くの子供達にピアノを教えているらしい。

楓も素性を知っているユキといるのは楽だった、同じ世界で同じ挫折を味わった二人。

お酒が入って楓もよく喋った、クリスマスの事や、寝込んだこと、今日の墓参り、ついでに大河の悪口、奇妙な連帯感が優しく二人を包み込む。

「今日は正月だし、お客さんも来そうにないから閉めて飲もうか」

「いいね賛成、でも腹減った」

「貴方、いつもお腹空かせてるね、でも何もないんだ、電話がなかったら店開けてないもん」

「そうなんだ、あんたも料理できないんだ」

「あんたもっていうのは止めてくれる、料理は出来るよ、この店始める前二年間レストランのキッチンにいたんだから」

「そうなんだ、ふーん何もないんだ」

がっくり肩を落とす楓。

「あーもう、わかったわよ、コンビニで買い物してくるから、ちょっと留守番してて」

ユキ、慌ただしく出ていった。

一人残された楓、気が付くとピアノの前に立っていた、立派なピアノだった、普通の家庭で買えるような代物ではない。このピアノにユキの夢や想いがどれだけ詰まっていて、どれほどの決意でそれを諦めたのかと思うと胸が痛んだ。

丁度ユキが帰って来た、ピアノの前の楓を見て、

「弾いてみれば、いいよ」

「な訳ないじゃん、見てただけだよ、でもいいピアノだね」

ユキ、悲しそうな目で楓の握りしめた左手を見つめる。

「それで何買ってきたの？　見せて」

美味しい物の前にユキの想いは弾かれた、

「貴方に料理出来ないって思われるのやだからさ、何か作ろうと思って、取りあえず買ってきた唐揚げとサラダ食べてなよ」

「唐揚げ大好き、ナイスチョイスだよ」

喜ぶ楓を見て微笑むユキ。

「何作ってくれるの？」

目の前に出された大きなフランスパン、首をひねる楓、

「これをかじるの？」

「馬鹿、まあ見てて」

ユキ、フランスパンを二枚におろす、そこにケチャップ、マスタード、たっぷりのオニオンスライス、刻んだサラミ、チーズをのせオーブンへ、やっとひと息ついたユキ、楓に尋ねる、

「今一緒にいる大河さんって貴方の彼氏？」

「そんな訳ないじゃん、オヤジだし貧乏だし、ヒガミだし、口うるさいし、それからえーと」

ユキ、大笑い、

「いいとこ一つもないの？」

「顔見ると喧嘩ばっかしてるしね、でも」

「でも？」

「わかるんだ、あいつの泣いたり笑ったり怒った顔見てると考えてることが全部、純粋な奴だよ、今までそんな人あたしの周りにはいなかったから」

チーンとオーブンがなった。

「このチーズの焦げた匂いがたまんない」

焼き上がったチーズトーストを均等に切り楓に差し出すユキ。

「マジ旨そう、いっただきまーす」

「ねえ、大河さんが本当の楓を知ったらどう言うだろう？」

無言で食べている楓、わかっていた、それを知ればきっと大河が何て言うか、

「今あの場所が唯一深呼吸できる場所なんだ、もう放っといて」

ユキ、胸に封じ込めていた熱い思いが溢れて止まらない、

「ピアノから逃げて楽になったから深呼吸出来る様になっただけでしょう、真剣にリハビリだってやったの？」

「あんたに何がわかるんだよ」

ユキは溢れる思いが止まらない。

「わかんないよ、プライドはないの？　私は悔しい、貴方は日本一のピアニストだったんだよ、

それに彩矢ならピアノが弾けなくても作曲、アレンジ、出来ることは幾らでもあるでしょう」

「あたしはピアニストだ、ピアノが弾けないんなら音楽に関わりたくないんだよ」

ユキ、大きくため息、

「帰って、貴方見てるとイライラする」

「帰るよ、幾ら？」

「いらない、でももう二度と来ないで、でも最後に一つ言わせて」

「何、もう何も聞きたくないけど」

「貴方が十代半ばで日本の頂点に立てたのは才能だけじゃ無いよね、色んな人達の想いや夢がその両手に宿っていたんじゃないの」

「ウザい、二度と来ないから」

「二度と来るな！」

小雨が降る帰り道、涙が溢れて止まらない、ユキのピアノを見た時から押し殺していた感情が噴き出しそうになった、でもどうしていいかわからない、それを彼女に見抜かれた。

ユキ、一人カウンターでワインを飲みながら微笑む、

「馬鹿だね、自分でピアニストだって言ったじゃない」


朝、大河は早くから準備を始めていた、楓はいつもの通りまだ起きてこない、

「やっぱりあいつ、起きてこないな、昨夜も遅かったたし、たく」

文句を言ってたら丁度下りてきた。

「おはよう」

「早くないだろう」

「朝からけちつけるのやめてくれる、夕べは最悪の夜だったんだ」

大河もこれ以上は言わなかった、いつもと同じことを繰り返すのは時間の無駄だから。

楓、鼻をクンクンさせて、

「あれ、何か違う、なんの匂い、これ」

この女、食べ物の匂いには鋭い。

「これ飲んでみてくれ」

大河、小皿に入ったスープを自慢げに差し出す、少し褐色がかった澄んだスープ、見た目は源造の物と似ている、ひと口含んでみると鶏ガラと何やら野菜の香りが口の中に拡がる。

「美味しい」

「だろう」

「でも、源さんのとは全然違う」

「そうだよ、同じ鶏ガラだけどブイヨンがベースだから、でもこれならいつも同じ味が出せる」

大河は自信満々で言い放つ。

「もとのスープは？」

「仕込んでない、二種類のスープなんて効率悪くてできるもんか」

「でもラーメンの味ってさあ、旨い、不味いとかだけじゃなくて、もっと大切なものがあるんじゃないのかな？」

大河は黙り込む、少し不機嫌なのが見ていてわかる。

楓もあえてそれ以上は言わなかった、昨日大河が何か一生懸命作っていたのを知っていたし、何より自分もピアニストとして似たようなことをやって辛い思いをしたのを思い出していた。

今年初めての営業が始まった、二時間ほどで三十人程やって来た、まずまずの滑り出し、ただスープの飲み残しがいつもより多く首をかしげる人も何人かいた。

大河、自分に言い聞かせるように、

「まあまあじゃないかな、そんなにいつもと変わらないだろう」

楓にはとても同じとは思えなかった、その絶対音感を持つ耳が聞き逃すはずがない。

ご馳走様といつも笑顔で言ってくれていた人が言わなかったし、言ってくれた人の声のトーンが全然違っていた。その時、あの親子達が静かに入って来た、突然父親を亡くした悲しみから少し落ち着いた様に見える。

「大河、今日はもう終わったって言って断ろう、お願い」

「何だよ、お願いって」

「あの子達を傷つけたくない」

「傷ってなんだよ、いい加減にしろ！」

注文を取りにいく楓、光は気が付いていた、いつもと違う匂いと違う空気、それを感じていたが笑顔で、

「楓ちゃん、パパ死んじゃったからおめでとうだめなんだって、だからこんにちは」

楓は言葉が出ない。

「楓ちゃん、どうしたの？」

光はいつも優しい、今の楓には辛すぎる。

「ラーメン三杯、お願いします」

美輪も何か感じていたが、子供達の為に先に注文を入れてくれた。楓が振り返ると大河がじっとこっちを見て黙って頷く。楓、厨房に戻り伝票を大河に渡す、

「悪いけどこれあんたが持って行って、あたし行かない、行けない」

「何だよ、ったくう」

大河が出来上がったラーメンを運ぶと、三人無言で食べ始める。突然、駆が泣き始めた、なだめようとする光と美輪の目にも涙が滲んでいる、陰で見ていた楓も堪らず涙、

「ごめん、光、駆」

子供達をなだめ席を立つ美輪、目を合わせずに勘定を済ます。

食べ残しているので要らないと言ったが、お葬式の時のお礼もあるからと、その時楓が出てきた。

「ごめんなさい、ほんとに要りません、貰えません」

美輪、空気を察したのか子供達を先に外に出した、

「新しい味も美味しかったですよ、夕べからあの子達もここのラーメンと楓さんに会うの凄く楽しみにして、でもあの時食べたのは家族四人で食べた最後のラーメンだったんで残念です、一生懸命作ってくれたのにごめんなさい」

謝られたのが余計に心に痛くて楓は下を向いたまま涙が止まらない、カウンターの隅にいた若い客が帰り始めたのを見て美輪は帰っていった、勘定をすませた客に大河が尋ねる、

「味、どうでした？」

「旨いか不味いかって言われれば、前の味とは違うけど美味しかったですよ、でも……」

「でも？」

「すいません、さっきの皆さんの話が聞こえちゃって、僕も小さい頃から来てるんで、あの子達の気持ちわかります」

黙って聞いてる大河。

「高校の部活帰りに親父さん頼んでないのに大盛りにしてくれたり、就職が決まって地元離れる時、頑張れって言ってチャーシュー沢山入れてくれて、僕も三年ぶりだったんで残念です」

誰も居なくなった店内、沈黙が漂う。

大河、頭に巻いたタオルをカウンターに叩きつけ座り込む、

「俺が何したって言うんだ、皆で言いたいこと言いやがって、思い出がどんな味を出すんだよ、そんな不味いもん作ってねえぞ、クソが」

楓は投げ捨てた大河のタオルを折りたたみながら、

「大河、最後に聞いていい？　もう一度源さんの味取り戻そうよ、あたしも頑張るから」

感情が高ぶってる大河の心には届かない。

「うるせえ！　何もできないくせに、お前に何がわかるんだよ」

「あの美味しかったって言ってくれた言葉、大河にはどう聞こえた？　あたしは死ぬほど辛かった、胸が張り裂けそうだった」

大河、何も喋らない。

「わかった、あたしやめる、これ以上はあんたについていけない」

「上等だよ、大体いつ俺がついてきてくれって言った、お前がやるって言ったんだろうが」

楓、コップの水を大河にぶちまける、

「大河最低だよ、人の気持ちがわかんないの？　光達の大切な大切な思い出を壊して、だから仕事も家庭も失くしたんだよ」

大河がいきなり立ち上がった。

楓は一瞬思った、やばい殴られると、言っちゃいけないことを言ってしまった、失敗には頑

張れば取り戻せるものと、どんなに願っても頑張っても取り戻せないものがある、そこに踏み込んだ、体をすくめる楓、薄ら目を開けると、大河の平手が肩上まで上がっていたが、それをゆっくり下ろした、

「行けよ、出ていけ、もうお前とは一緒にやりたくない」

楓に背を向け濡れた顔を拭う大河。

「わかった、サヨナラ」

駅前の公園のベンチに佇む楓、黒田の言葉を思い出していた。

楓が古き良き物を壊し自分のスタイルを作ろうとした時、

『君がやろうとしていることを理解はできる、でも君のCDを買って、チケットを買って、何カ月も楽しみに待ってコンサートに来てくれた人達にちゃんと向き合えたのか？　アレンジやプログラムを勝手に変えたり、挙句には付いてこれないスタッフに暴言を吐いて、彼らは君が最高の演奏が出来る様にと一生懸命頑張っていたんだ』

新年早々道行く人の笑顔が痛い、薄雲がかった空を見上げる楓。

「ごめん大河、酷い事言って、本当の馬鹿はあたしだ」

一人残った大河、寸胴の火を落とし座り込む、楓の言葉が痛かった、光達の父親との大切な思い出を壊したということを、自分にも数は少ないが思い出はある。

初めて息子とキャッチボールした時の新品のグローブの革の匂い、テストで百点満点を取って来た時の海の得意げな笑顔。

「それを俺が壊してしまったのか」

あの時楓が、『お願い、やめよう』と言った言葉に素直になれなかった自分を悔いた、

「殴られなきゃいけないのはこの俺だ」


その頃楓は、公園でハンバーガーを喰っていた、行く当てもないので何か喰って考えようとしたが、この女喰うときは何も考えない。

その時背後から声を掛けられた、

「お姉さん、ひ・ま・で・す・か？」

振り返ると優しそうな顔をしてはいるが、どこから見てもチャラい茶髪の若者がいた。

「暇じゃない、飯喰ってるし、しかも怪しいなあんた」

「まあ話だけでもッス、俺上林健、キャッチャー、二十一歳です」

「キャッチャー？　野球？　何それ」

「いえ野球ではないスけど、行き場のない女性の心を受け止める愛のキャッチャーです」

ハンバーガーを食べ終わった楓が席を立つ。

「そう頑張って、じゃあね」

「話を聞いてくださいよ」

「やだね、あたしは美味しいスイーツ買いに行くんだから」

茶髪は必死で食い下がる。

「先月すぐそこにオープンしたパンケーキの美味しい店行きません？　奢りますから」

楓の動きがピタリと止まる、飛び出してきたので金は小銭しか持っていなかった。

「そこ美味しいの？」

「間違いないっスよ、年末なんか毎日行列出来てましたから」

本能に支配され行ってみるとその店はかなりの繁盛店だった、ケンが行列に並び十分程で席が取れた、楓、パンケーキスペシャルＶＶをオーダー、かなり上機嫌、ケン少し困り顔。

「それで、話って何？」

「ねえさん、今何を？」

「何も、姉さんってやめてよ、楓でいいから」

パンケーキスペシャルＶＶが運ばれてきた、パンケーキの上に山盛りのイチゴとブルーベリー、アイスクリーム、楓は喜色満面、

「わあー凄い、美味しそう」

「楓さん、食べながらでいいっスから、聞いてください」

「いいよ、どうぞ」

美味しい物が目の前にあるといつもの毒舌はなりを潜める。

「ぶっちゃけ水商売ですけど、ラウンジだからそんなに怪しい仕事じゃないっス」

楓はパンケーキのカットに忙しい。

「それで？」

「ワンルームマンション、三食昼寝付きで時給三千円です」

「そんなにくれるの？」

「楓さん、美人だしスレンダーだし間違いないっス」

楓はラウンジというのがよく分らないが褒められ少しいい気分。

「いいよやるよ、ラウンジってよくわかんないけど」

「えっマジっスか」

予想外の反応に驚くケン、ケーキを食べ終わった楓がつぶやいた。

「もうどうでもいいんだ」

「そんな投げやりじゃ駄目ですよ、別に変な仕事じゃないし、頑張ってお金貯めてまた社会復帰すればいいじゃないスか」

「ケン、あんた見た目よりいい奴だな」

楓はいつもの速攻呼び捨て、店を出るまでの間、ケンも何故か自分のことをよく喋った。

先輩にキャッチ三羽烏がいて、自分も頑張って早く四天王と呼ばれたいとか、その上に尾花さんと言うハンフリー・ボガードが大好きで優しいけど怖いボスがいるらしい。

店を出てケンについていく楓、人気のない裏通りのビルの前。

「ここです、この三階っス」

さすがに不安を隠せない楓、

「大丈夫？　怪しすぎるけど」

「大丈夫っス、一応尾花さんに会って、チャチャッと履歴書を書いてもらったらそれで終わりっス」


その頃、大河が営業を終えるつもりで片付けていると一組の老夫婦がやって来た。

「もう終わりですか？」

「すいません、今日はもうスープが終わりで」

「そうですか、いやね源造から電話もらって見舞いの帰りなんだけど、若い人に暫く任せるって聞いたもんで寄ってみたんですよ」

「源さんのお知り合いですか、すいません、どうぞ座ってください」

「わし孫照明っていいます、これが女房の和子、来るのは久し振りだ、ビールもらっても？」

「はい、何もありませんが、つまみにチャーシューでも切ります？」

「それ貰おうか」

少し炙って野菜と一緒に盛り付け差し出す。

「旨い、しっかり巻いて煮込んであるし、塩加減もちょうどいい、源造の味だ」

「源さんとは長いんですか？」

「わしもラーメン屋だよ、もう四十年になる、源造はうちで三年程修業してここを始めたんだ」

「そうですね、あの頃は凄いやんちゃな子でしたね」

大河、いきなり孫さんに頭を下げる、

「聞いて欲しいことがあります」

今日の経緯を戸惑いながら伝える。

「そうか、今日店に来た時、何か空気が違うのはすぐわかった、でも源造もあんなだし、あんたも急なことで色々大変だったんだろ」

「それはそうですけど、お客さんには関係ありませんし」

「そうだな、あんたの言う通りだ」

孫さん、店を見渡し匂いを嗅ぐ、

「あんたが一生懸命つくったスープはまだあるんだろ？」

「ええまあ」

「それ一杯貰おうか、なあに源造の味はわかってるし、たまには違ったやつを食べてみたいよ」

「はい、わかりました」

源造の師匠ということで若干の緊張はあったが、いつも通りの物は出来た、孫さんはまず香りを嗅ぎスープを二口程飲んだ、麺をすすりスープ、また麺をすすり、あっという間に完食、箸を置いた、

「ふう美味しかった、すこし洋のテイストが入ってバランスもいい、だがこの味じゃ駄目だ」

「やっぱりどこかが？」

「この店が新しい店で最初からこの味なら、それとか雑誌を見て情報を食べている人達だったら間違いなく受け入れられるよ」

「本当ですか？」

「ああわしが保証するよ、だが此処では駄目だ、この店の歴史がこれを受け付けなかったんだろう、ラーメンの味はずっと変わらない、でも嬉しい時や悲しい時に食べた味を心が覚えているんじゃよ」

孫さんの言ってることはよくわかった、

「俺がバカでした、すいません」

「謝らなくていい、あんたも店の為を考えての事だろう、ただ方向が少し違っただけだよ」

うつむく大河に孫さんが優しく声を掛ける、

「それよりこれからどうするんだ？」

そのころ楓、ケンについて行った事務所の扉を開けると煙草の煙が噴き出してきた、話に聞いた三羽烏らしい男達が出迎える。

ケン、三人に声を掛ける。

「面接入ります、お願いします」

いかがわしい三人が途端に笑顔、その奥の大きな革のソファーに腰かけている目の鋭い中年の男が尾花のようだ。何も無い小さな部屋に通された。

「楓さん、そこ掛けて待っててください、履歴書持ってってくるから」

「やだよ、面倒くさい」

「いや、形式だけです、すぐです、すぐ」

慌てて飛び出すケン、ここでへそを曲げられたら元も子もない、尾花の処に行き履歴書を受け取るケン。尾花、いきなりその腕を掴み耳元で囁く、

「あの娘には今日頼まれた所に行ってもらおう、ヘルスだがな、人手不足で金弾むって言うから、丁度いい」

「ヘルスっスか、俺ラウンジって言っちゃいましたけど」

「あの女、顔とスタイルは悪くないが年いってるし胸もない、愛想もない、ヘルス向きだよ、なあに一人二人客取らせりゃ諦めるって、頼んだぞ」

「うス」

部屋に戻り楓に履歴書を渡す。

「どうした？　元気ないな、怒られたのか」

これからの楓の運命を考えるとまともに顔が見れない。

「楓さん、今迄なにを？」

「ラーメン屋だよ」

「え！」

ケンが顔を上げ真っすぐ楓をみつめる。

「通り一つ向こうの『元』って店、最初はいやいやだったけどやってみると奥が深くてさ、楽しかったよ、もう少し頑張るつもりだったんだけどね、味の事で相棒と喧嘩しちゃって」

ケンがいきなり履歴書を握りつぶした、驚く楓、

「何するんだよ」

「あんた此処に居たら駄目っス、やばいとこに売り飛ばされます」

「ヤバいとこって？」

「男は天国、女は地獄ってとこです、とにかく急いで、俺がそのドア開けたらすぐ逃げてください、下に下りて通りに出れば追っかけて来ませんから」

「ケン、そんなことしたらヤバいんじゃないの？　でもどうして」

「説明している時間はないっス、行きますよ」

ドアをあけると何か察知したのか、三羽烏の一人が目の前にいた。

「ケン終わった、お疲れー」

とってつけた様な笑顔でうかがっている。

ケンがいきなりその男を突き飛ばす。

「楓さん、早く行って」

もう一人が楓に飛びつこうとするがケンが足を掛け転がす。

「ケン、てめえ自分が何やってるのか、わかってんのか」

「先輩すいません、この娘だけは勘弁してください」

一目散に階段を駆け下りて通りまで出るとケンの言う通り誰も追ってこなかった、楓は携帯を取り出し大河に連絡する、

「楓か、今何処だ？」

心配声で尋ねる大河に、

「二丁目のコンビニの前、知り合いが拉致られて大変なの、すぐ来て、待ってるから」

通話は切れた、相変わらず理解に苦しむ短い会話、しかも命令口調、相手に考える時間を与えない。三分後、合流。取りあえず楓の無事を確認、安心する大河、

「一体何がどうなってるんだ？」

事情を説明すると大河、沈黙する、

「それはヤバい人達じゃないのか？」

「たぶん、でもいやなら来なくていいよ、のこのこついて行ったあたしにも責任がある」

この女、ここという時やたら度胸が据わっている。

「わかった行くよ、俺もほっとけないし」

事務所があるビルに着いた、無言で階段を上がっていく大河、迷いがない。

「大河あんた、喧嘩強いの？」

「普通、いや弱いかな」

でも何故か落ち着いて見えるがドアノブに手を掛けた大河の動きがそこで止まった、最後の勇気が出ない、その時楓がその手に手を重ねうなずく。

「行こう、あたし達二人だったら大丈夫だよ」

しかしその小さな勇気と覚悟は瞬間で吹き飛んだ、目の前に血だらけでボロ雑巾の様にケンが転がっていた。

「ケン！」

駆け寄る楓、

「何で戻って来たんだよ」

「心配だからに決まってんじゃん、でも何故こんな目に遭ってまであたしを？」

「さっき楓さん言いましたよね、相棒と味の事で喧嘩して飛び出したって、俺の親父、横須賀でラーメン屋やってるんです、男手一つで俺を育ててくれて、だからラーメンと真剣に向き合っている人を地獄に落とすなんて出来ません、でもこの世界にもルールがある」

「そうだ、殺されても仕方ねえんだ、お前は」

さらに蹴りが入る。

「ぐはっ」

「やめろ、やめてくれ」

二人を庇うように三羽烏の前に立ちふさがる大河。

「俺のことは好きにしていいから、こいつらに手を出さないでくれ、ぼこぼこにされたい気分なんだ、今の俺は」

振り返る楓、大河が何故か落ち着いて見えた意味がわかった、覚悟して来ていたんだと。

「バキッ」

痛烈な三羽烏の拳が大河を襲う、でも倒れず前に出る、さあやれよと言わんばかりに。

「もう逃げない、逃げたくない」

「何を、訳わからないことを」

三羽烏、大河の襟首をつかみ殴りかかる。

「やめろ！」

楓が叫ぶ、あまりの迫力に後ずさりする三羽烏。

「こいつは関係ない、悪いのはあたしだ、やるならあたしをやれよ、覚悟はできてる」

三羽烏轟沈、その時尾花が拍手をしながら入って来た、

「ハイハイはい、そこまでだ、喧嘩はビビった方が負け」

三羽烏を下がらせケンの前にかがみこむ、

「あんたら何故こんなバカの為に？　戻れば危ないってわかっていただろう」

「成り行きだよ、それにこいつ悪い奴じゃない」

「成り行き？　わっはっは、こりゃあいい、あんたらボギーだねぇ」

楓、大河、状況が呑み込めない。

「ケン、クビだ、お前みたいに力もないくせに小さな正義を振りかざす奴はこの世界じゃ生き残れない、いつかこっちがヤバくなる」

「兄貴」

ケン、涙と血と鼻水でドロドロ。

「もうお前にそう呼ばれる憶えはない、とっとと出ていけ」

楓たちが出ていったのを見届け、尾花は煙草に火を点け呟いた、

「馬鹿野郎、俺も蕎麦屋の息子だよ」

公園でケンの手当てをして一息入れ、缶コーヒーを飲む三人。

「俺も痛いけど、ケン酷くやられたなあ、大丈夫か？」

「大丈夫っス、体だけは強いんで、でも先輩達手加減してくれてたから、あの三人が本気だったら今頃逝っちゃってます」

「ケンごめん、あたしのせいで酷い目に遭わせて」

「いいっス、楓さんを守れたことが痛みよりも嬉しいっスから、あの言葉泣けたっス、こいつは悪い奴じゃないって」

ケンと別れて川沿いを歩く二人、早歩きの大河に会話のタイミングが掴めない楓。

「大河！　腹減った」

大きな声で呼び止める、『ごめんなさい、あたしのせいで酷い目にあわせて』と言うつもりだったが、口から出たのは本能だった。

苦笑いする大河、言葉にしなくても楓の気持ちはわかっている。

「わかった、俺も話があるし、そこのカフェで何か喰って帰ろう」

「うん！」

席に着くなり速攻でメニューを手に取る楓、

「カプチーノ、生ハムとオニオンのシーザーサンド、あとでティラミスお願いします」

この女、一分の迷いもない、大河はコーヒーをオーダー。

「あたしお金ないよ、大河持ってるの？」

「大丈夫だ、持ってる」

「いきなり出て行けって言うからさ、ゴチになります」

サンドイッチを美味しそうに頬張る楓。

「戻ってくるつもりだったのか」

「うん、さっきのことは成り行き想定外だったけどね」

うつむき首を振る大河、

「うーん、成り行きで俺は殴られたのか」

「ごめんなさい、あたしが軽率だった、酷いことも言ったし本当にごめん」

「いいんだ、原因を作ったのは俺だし、頑張って味は元に戻すから」

楓、笑っている。

「何だよ」

「わかってたよ、きっとあんたはそうするだろうなって、だって光達が来てからずっと、『やっちまった、俺はなんてことを』て顔してたもん」

「ばれてたか」

「うん、大河の考えてることは大体ね」

「やな女」

「こういうのいい女って言うんだよ、フフッ」

「何がフフッだよ、でも光達に悪いことしたなあ、大切な思い出を俺が壊したんだ」

「大丈夫だよ、いつかきっと来てくれる、思い出はまた作れるしまだ時間はたっぷりあるじゃん、あたし達は生きてるんだから」

楓、大河の目をじっと見て、

「でもさっきのあんた、カッコ良かったよ、守られたって感じで」

ひと息ついて孫さんのことを話した、この後そこに行ってコツを伝授してもらうつもりだと。

「あたしも行くよ、今回はお互い様ってことで、だからあたしも出来ることはやるよ」

お互い様と言われても、被害を受けたのは大河だが言わなかった、こいつに言うだけ無駄だから、同時にこの女のポジティブさには敵わないと思うと不思議だった、これ程前向きな人間がどうしてあの時死のうとしていたのか。

「大河」

「何だよ？」

「またあたし達ラーメンに助けられたんだ、不思議だね、いつかどこかで何年か何十年か経った時、あのイブの夜に食べたラーメンの味、思い出したりするのかな」

「そうかもな、でも何十年もお前と一緒にいないだろ」

「当たり前じゃん、こっちだって死んでもお断りだよ」

陽が落ちて寒さが厳しくなってきた、鍋が恋しい夜が来る。

翌朝早くから大河はスープの仕込みを始めた、昨夜孫さんに習ったことを確認しながら真剣に取り組んでいる。午前十時、いつものようにやっと楓が下りてきた。

「おはよう、頑張っててんじゃん」

相変わらずの態度にカチンときたがここではグッと堪えた、夕べは確かにメモを取ったり量や時間を計ったりと細かい点は楓がやってくれた、ただし半分は奥さんと二人で、孫さん、大河、男の悪口に花が咲いていた。

ボーッとしてても飯はしっかり喰う楓。

「なあ楓、お前ミライって知ってるか？」

楓は口をモグモグ動かしながら、

「未来、わかるよ、あたしにあってあんたにないもんだろ」

「そうだ！　その通り、馬鹿野郎違うよ」

「じゃあ聞くな、忙しいんだ」

この女、食事中に声を掛けるとろくな答えが返ってこない、大河沈黙、仕事に戻る。

食後、楓が寄って来た、

「さっきのミライって何？」

「もういい」

大河は黙々とネギを切っている、

「またそうやってすねる、だから未来がないって言われるんだよ」

「お前が言ったんだろうが」

「あ、そうか、悪かったよ、ごめんごめん」

大河これ以上の不毛な争いを避け怒りを呑み込んだ、差し出したメモには味蕾とある、

「これがどうしたの？」

「源さんの味が戻ったかどうかこれが教えてくれる、人間の喉の奥にある、味を感じる細胞だ、
そしてそれは生まれた時が最大で数十万個あって年をとると殆どなくなる」

「じゃあ、お年寄りは味がわからなくなっていくの？」

大河はスープの火加減を見ながら、

「全くわからない訳じゃあないだろうけど、甘い、辛い、苦いとは違う風味の問題だ。お年寄りはそれぞれの記憶と紡ぎ合わせながら味を感じているんだ」

「なんとなくわかるけど、なんか悲しい話だな」

「だから、赤ちゃんがミルクを変えたりするとぐずったりするのはそのせいなんだ」

「話が長すぎて何が言いたいのかわからないよ、ラーメンと何の関係があるの？」

大河、大きく深呼吸をして、

「そこでだ、光と駆の味蕾に挑戦だ」

「そっか、あの子たちが美味しいって言えば源さんの味を取り戻せたことになるんだ」

「そういうことだ」

大河、楓と顔を見合わせ頷く、声を合わせて、

『そして思い出も取り戻せる！』

「あたし連絡してみるよ」

お昼の混雑が過ぎて片付け仕込みも終わり一息入れる二人、後は光達を待つだけ、洗い物を終わらせた楓が何かに気付いた、

「大河、不審者がいる」

茶髪の若者が行ったり来たり、ケンだった。大河が表に出て呼び止める、

「ケン、何やってるんだよ、そんな傷だらけの茶髪がウロウロしてたら客が引いちまうだろうが、中に入れよ」

「うス」

店内の匂いを嗅ぐケン、二度、三度。

「懐かしいなあこの匂い、いいなあやっぱりグッとくるっス」

「そんなの、どこも似たり寄ったり同じじゃないの？」

「違うんスよ、このツンとした濃厚な匂いは、しっかりスープを取らないと出ないんスよ、自分もこの匂いを嗅いで育ちましたから」

「ウンチクはいいから、何しに来たんだよ」

傷だらけの顔でニッコリ笑うケン。

「朝起きたらラーメンが無性に食べたくなっちゃって、でもこの時間は昼休憩かなと、親父もそうしてたんで」

楓が肘でケンを軽く小突く、

「何、フランケンみたいな顔して気ぃ遣ってるんだよ」

「酷いなあ、これ元はと言えば楓さんのせいじゃあないっスか」

「あ、そっか、悪い悪い」

大河がスープを味見、そして小さくうなずく。

「どうなの、ちゃんと出来てる？」

楓も気になってしょうがない。

「大丈夫だ、きっと……」

「何だよその弱気な声は、また泣かしたりしないよね、あんた味蕾随分減ってるから」

ケン、我慢しきれず大笑い。

「いやー最高っス、お二人どういう関係かわかんないっスけどM1超えてます、楓さん、未来がないとかきついっスね」

二人、声を合わせて、

『その未来じゃないよ、馬鹿』

ケン、萎む。

「実はな」

これまでの経緯を話す。

「はあーそうだったんですか、それで俺と大河さんがこんな目に」

楓、チクチクと責められかなり不機嫌。

ケン、そんな二人を横目で見て、

「ラーメン一杯いいですか？」

「ああ」

目の前に熱々のラーメン、香りを嗅ぎ、スープを一口、

「旨い、チャーシューはしっかり巻いてあるし、スープは澄み切っていて香りがいいっス」

大河、いら立ちを隠せない、

「能書きはいいから熱いうちに喰え！」

「うス」

ケン、一気に完食、箸を置く、しかし大河も楓も反応しない。

「ご馳走様っス、美味しかった、でも」

その言葉に二人振り向く、

「でも、何だ」

楓も厨房から出てきた、

「言いたいことがあるなら言えよ」

楓の剣幕にビビりつつ意を決して言葉を絞り出す。

「言わしてもらいます、お二人と空気です」

「はあ？」

「生意気言わせていただきます、二人ともつっけんどんな態度で、大河さんは難しい顔して
ラーメンを作っている、お客さんは不安になるんじゃないですか、旨い不味いより」

二人、沈黙、昨日もそうだった。

楓はその言葉が痛かった、コンサートの時、目指してはいてもいつもいつもは完璧にはでき
ず、笑顔一つ見せずステージを降りたこともある、折角来てくれた人達はどう思ったんだろう。

大河もこの若造に返す言葉がなかった。楓、ケンの空のグラスに水を注ぐ、

「沁みたよ、今のあんたの言葉、悔しいけど」

その時扉が開き、光と駆と美輪が来てくれた、ケンはカウンターの隅にそっと移る。

楓、笑顔で、

「いらっしゃいませ、ラーメン三杯！」

「あいよ！」

歯切れのいい注文に笑顔で応える大河。

「楓ちゃん、今日光ね、学校でオルガン弾いたの、でもあんまりうまく弾けなかった」

「最初からうまく弾ける人なんていないよ、まかしとき、今度あたしが教えてあげるよ」

「本当？　楓ちゃんみたいにあんな上手に弾けるかな」

「大丈夫、あたしも最初はすっごい下手だったから、駆は？」

「僕、ソフトボール投げしたの、クラスで三番だったよ」

「へぇー凄いじゃん、じゃあお腹減ってるね？」

二人頷く、優しく見守る美輪。

ラーメンが出来上がり大河が運んできた、

「熱いよ、気を付けてな」

三人食べ始める、大河と楓は笑顔で緊張。

「クリスマスのラーメンだ」

駆が呟く、続いて光、笑顔で頷く。

「パパと一緒に食べたラーメンだ、美味しいねぇ」

美輪が少し涙ぐみながら大河達を見た、大河と楓は目を潤ませ笑顔でハイタッチ、隅で見ていたケンも泣き笑い、光達が帰って片付けようとするとケンが手伝う。

「いいよ、これぐらい座ってろよ」

突然ケンが頭を深く下げ、

「お願いします、自分をここで働かせてください、お二人の下で、何でもやります、あの子達に対する態度感動しました、ジンジン来ました、お願いします」

大河、頭を掻きながら呟く、

「俺達も雇われの身だし、給料のこととか色々あるしなあ」

「わかってます、金のことなんてどうでもいいっス、現場でもコンビニでもやって食いつなぎますから」

楓がケンに優しく語りかける、

「親父さんと向き合いたいんだ」

「はい、今は何もできませんけど、いつか」

「これも成り行きだよ、大河」

父の為にというケンの言葉に大河があらがえるはずもない、三本の矢が揃った。


「おはようございます！」

翌朝九時ケンが来た、茶髪を黒に変え短く刈り揃えている。

「おはよう」

大河は開店準備のメモを渡し一通り説明、取りあえずケンの役割は掃除が中心、チャラさは影を潜め黙々とこなしていく、昨日の言葉に嘘はなさそうだ。

一時間後スープの仕込みが終わった大河、

「ケン、どうだ、そっちは？」

「大体、終わりました」

「じゃあ飯にしよう、それから開店だ」

「うス、でも楓さんは？」

大河、深いため息、

「あいつは自分の時間の中で生きてる女だから俺達とは多少合わない、しかも恐ろしく耳がいい、見てろ」

目の前にある器を箸で軽く叩く、キーン、鈍い音がした。

何も起こらない。大河、棚から小さな飯茶碗を出し箸で叩く、キーンと高音が響き渡る、楓が言うにはすべての器は音が違うらしい、

「これは楓の茶碗だ、きっと反応するはずだ」

「はあ、俺にはわかんないっス」

楓が下りて来た。

「おはよう、ケン来てたんだ、早いね」

「いや俺、九時からやってますけど」

楓嬉しそうに頷く。

「そうなんだ、やる気満々だね、頑張れよ、で朝御飯は？」

「な、わかったか」

「何となく、普通の人でないことは」

大河、笑顔で頷く、トイレから出てきた楓、

「今日は何？」

「何も、これからだ」

大河が楓の茶碗を叩く、キーンと澄み切った音が響く。

「引っかかったな、トラップだ」

「何だよ、騙したの」

「何時だと思ってる？　ケンの初日から」

楓、携帯をチラ見して、

「ちょっとだけじゃん、それに今日だけ早く来て明日からは来なかったら、そっちの方が感じ悪いんじゃない？　あたしはいつもスクエアだから」

大河、無言で朝食の準備を始める。

「大河さん、何作ってるんっスか？」

「今日の朝飯、チャーシュー丼だ、まずチャーシューの歩留まりを軽く炒め玉葱、ピーマン、キャベツを入れる、大事なのは野菜にシャキシャキ感を残すのに火を入れすぎないこと、仕上

げにニンニク醤油を少々、後はご飯にのっけて出来上がり」

気が付くと横に楓がいた。

「何だよ」

「応援だよ、大河がさ、一生懸命作ってくれてるから」

しかしその瞳はフライパン一点に注がれている、ケンは必死に笑いをこらえ思った、やっぱりこの二人M1レベルだと。

昼の営業が終わり、三人で源造の見舞いに行くことに、ケンのことやこれからのことを話し合う為に。病室に入ると血色の良くなった源造がいた、心なしかふっくらして見える、電話では、報告を兼ねて連絡はしていたが、顔を見るのは今年初めてだった。

ケンの入店も快く認めてもらい、孫さんや光達のことを話すと嬉しそうに目を細めていた、手術は三日後、楓が付きそうことに。

帰り際に源造、大河を呼び止める。

「大河、ちょっといいか」

「はい、お前ら、先行っててくれ」

手術当日、楓のいない店は静かに回る。夕方、手術成功の吉報が入ると大河もやっと落ち着いた。

「ケン、休憩しようか、コーヒーでも買って来いよ」

「うス」

緊張感から解き放たれ、煙草に火を点け深呼吸する大河。

「良かった、後は退院を待つだけだ」

「源さんが退院したら大河さん達は？」

「最初から二〜三カ月っていう話だったし、まだ考えてない」

どちらかというと今は考えないようにしていた、不安だらけの未来は悲しい。

「聞いてもいいスか？」

「何を？」

「楓さん、前何を？」

その問いには大河も答えを知らない。

「知らない、言いたくないって、だから聞いてない」

「口の悪さと食欲は普通じゃないけど、優しいとこあるし」

「叩くのが仕事だとか言ってたけどな」

「格闘系には見えませんけど、でもここって時の度胸は半端ないっスからあの人」

楓はどうするんだろう、大河にはまったく想像出来なかった。

翌朝のメニューはチキンカレー、スパイシーな香りが漂っている、三人揃って卓を囲む。

「どうだ、旨いか？」

ケンは掻き込むように平らげ、

「旨いっス、さすが大河さん、こっち系はプロっスね」

「だろう、楓どうだ？」

「美味しいよ、でも朝からカレーなんて喰うの初めてだ、ちょっと重いなあ」

「イチローは朝からカレーなんだと、このカレー粉の中のスパイスが眠っている細胞を活性化させるらしい」

「へぇー大河さん、物知りっスね、おかわりいいですか？」

「ああ、カレーはちまちま作っても旨くないからな、たっぷりあるからどんどん喰え」

立ち上がったケンに空になった器を渡す楓、

「ハイ、下げときます」

「ご飯半分、肉多め」

「うス、えっ」

「まだいまいち細胞が目覚めてないんだ、だから」

苦笑いする大河とケン、日常が戻った。

閉店後のカウンターで一人ビールを飲んでいる大河のところへ、風呂上がりの楓が優しい石鹸の香りを連れて来た。

「いいね、あたしも頂戴」

グラスに注がれたビールを一気に飲み干す。

「クゥー、でもこの一杯だけだね旨いのは、後は苦い」

大河、ビールをもう一本追加。

「まだ飲むのかよ、程々にしときなよ、オヤジなんだから、それよりこの前、源さんと何話してたの？」

「これからのことだ」

「そうだろうと思った」

この前源造に呼ばれた時の話を楓に伝える。

「大河、迷惑ばかりかけて申し訳ない、本当に感謝している、ありがとう」

「源さん大丈夫です、俺達もお世話になってるし、無理しないで体をキッチリ治して下さい」

「ケンはうちで当分の間修業、楓は実家もあるからいいとして、お前どうするんだ？」

「まだ考えてないです、取りあえずは源さんが退院するまでにケンを一通り出来る様に仕込もうと思ってます」

源造、大河をじっと見つめ、

「おまえさえ良かったら、このままでも構わないよ、もう他人って感じがしないんだ、楓もな」

大河は返事が出来なかった、元経営者としてわかっていたから、元々源さんが一人でやってたところを三人でやれば人件費で経営が逼迫することは明らかだった。

「俺は大丈夫ですよ、何とか自分で頑張ってみます、だから今日はもう休んで下さい」


楓は二杯目をグラスに注ぐ。

「そっか、小さな店だもんね」

「楓、聞いていいか？」

これまで自分のことをまったく話してない楓、そろそろ来るだろうと感じていた、だけどもう隠す理由もない、どちらかと言えば聞いてもらいたい気持ちに今は心が傾いていた。

「お前今まで、何やってたんだ、言いたくないならいいけど」

楓、ビールを一口飲んで、

「音楽、たいしたことないけどね」

「そっか、じゃあまたそっちに戻るんだ」

「ううん戻らない、もう出来ないんだ」

初めて大河に手を開いて傷を見せる。自分の不注意で怪我をしたこと、リハビリもうまく行かず一時は自棄になってたことも、彩矢のこと以外はすべて話した。

「それであのクリスマスイブか」

「あれは関係ないよ、まったく別だ」

あの夜のことは大河にどうしても言えないことが一つだけある。

「楓、思い切ってその指動かしてみろよ、にぎにぎしてみろよ」

「やだよ、何カ月も動かしてないから怖い」

自分でも何とかしなければと思ってはいるけれど、どうしても心が前を向かない。

「確かに最初はぎこちなかったけど、今のお前は普通に見えるけどなあ、ここでの仕事がいいリハビリになってたりして、大事なのは一歩踏み出す勇気だ、俺が言うのも変だけど」

手を拡げ傷をじっと見つめる楓、意を決して、

「ちょっとやってみようかな」

ゆっくり伸ばした指を丸めようとする、

「やっぱりだめだ、恐い」

「何を柄にもないこと言ってるんだよ、いいか、まずお前が信じなきゃ、出来るって、そうすればきっとその指にも伝わるから」

「そこまで言うなら大河やってよ」

楓、ビールを飲みほした。

「3、2、1、ハイで丸めてよ」

「俺が？　いっいいけど」

大河少し照れながら楓の手のひらをそっと握る。

「いくぞ、3、2、1」

一気に指をグッと丸める。

「何だよ、ハイはどうした！」

睨みつける楓に優しく微笑む大河。

「変にタイミング合わせると余計な力が入るからこれでいいんだ、それより見ろよ」

大河は握った手をゆっくり離す、しっかり握り拳ができていた。

「握れた！」

「ほれ、俺の手を握ってみろよ」

恐る恐る大河の手を握る楓、

「痛くない、力も入る、ぬくもりも感じる」

同時にその瞳から涙が溢れ出す。

「やっぱり痛かったか？」

「痛くない、痛くないから泣けるんだ、ごめん今だけ泣いていい？」

大河はこれ程の大泣きする楓を初めて見た、溜まってたものを吐き出す様に大河の手を握りしめたままずっと泣き続けた。

優しい時間が静かに流れていく。

三

翌朝からケンの育成特訓が始まった、源造の退院予定から逆算してひと月半、週ごとに課題をクリアさせていく、切込み、スープ、チャーシュー、茹で麵の四段階で、そして賄い。

楓が起きてきてケンの賄いが並ぶ、ご飯、味噌汁、そしてハンバーグだかコロッケだかわからない黒い物体が並んでいる。

「いただきます」

楓、黙々と食べている、ケンはマシンガンのような毒舌に備えている、笑顔で見守る大河、

「どしたの、ケン食べないの？」

「大丈夫っスか、口に合います？」

「一生懸命作ったんだろ、喰えりゃいいよ、少しずつ上手に出来る様になればいいじゃん」

大河、ケン、笑顔で飯を頬張る。

ケンの上達ぶりは、目覚ましいものがあった、乾いたスポンジが水を吸収するように大河のプログラムをこなしていく、二週間たった頃には一通りのことは出来る様になった。

ある日の昼食後、

「俺、ビラ配り行ってきます、昨日ちょっと作ってみたんで」

ケンはそそくさと出ていった、楓が片付けながら、

「あいつ肩身が狭いのかなあ、頑張りすぎじゃない？」

「まあ自分で考えてやってることだから、黙って見守ろう」

「あいつ、きっといいラーメン屋になるな」

「ああ間違いない、あいつを見てたら胸が痛くなる、商売を始めた頃の自分を見てるようで、ひたすらにお客の笑顔が見たかった」

翌日街に出た楓、ずっとユキのことが気になっていた、正月に大喧嘩して以来会ってない。迷った末に「コンチェルト」にやって来た、するとピアノ教室の日なのか人だかりが出来ている、扉が開いていたので中には入らず様子を窺うと何やら揉めている様子だった。

「ユキ先生、少し教え方が遅いんじゃないですか、同じ頃よその教室に行った子達はどんどんステップアップしてるのに」

母親達の剣幕にうつむいているユキ、

「ピアノには技術も勿論ですけど、他にも大切なことがあります、思いやりや感謝の気持ち、自分を信じて諦めない心、そういうことも一緒に教えてあげたいんです」

「そんな悠長なことで来週の発表会に間に合うんですか？」

複数の母親から辛辣な言葉が飛んでいる。

「それまでにはちゃんとやります」

楓はそのままそこから離れた。

「相変わらず青臭いことばっかり言って不器用な女だよ、ユキ」

「元」は順調に客が増えて来ている、味がまとまり、三人の元気とリズムがいい雰囲気を醸し出していた、ケンのチャラさはいい愛想となり、以前少なかった女性客も徐々に伸びてきている。

チャーシューの仕込みが終わった大河が二人に声を掛ける。

「ケンも十分戦力になってきたし、これからは交代でちゃんと休みを取ろうと思う」

楓、嬉しそうに手を挙げる、

「賛成」

「俺はどちらでもいいっスけど」

大河、ケンの肩を叩き、

「飲食業は働く時間が長いから、仕事、休みとオンオフを切り替えないと持たないぞ」

「うス」

「それでいい、前もって希望を出してくれ」

「はいじゃあ早速あたし貰っていいかな、来週日曜日」

大河うなずく。

発表会当日、こっそりやって来た楓は後ろの方の席を取り見守ることに、客席に座るのは小学生以来だったが懐かしい空気に満ちている、小さなホールには結構人が来ていた、でもその殆どは家族や親族、友達といった感じ、ピアノ教室の生徒達が順番に演奏していく、最後にユキの生徒、横浜国際コンクール準優勝のブランドがユキを引き立てているのかもしれない。

思ったよりは難なく演奏終了、ホッとした表情のユキ。

その時、椅子を降りようとした生徒が体勢を崩しユキが咄嗟に庇う、何事もなかったかの様に立ち上がり笑顔で客席に一礼、優しい拍手に包まれる、前半のプログラムが終了、休憩が入り後半各教室の先生による競演会、ここでもユキはラスト、演奏が終わった生徒達が客席に戻る、楓の前に先程のユキの生徒が戻って来た。

「ママ上手に弾けてた？」

「うんとっても上手だったよ」

「ユキ先生に言われたの、一生懸命やってきたことを信じなさい、そしてこうやってピアノを弾かせてくれるママやパパに感謝を込めて弾きなさいって」

その娘の言葉に母親は立ち上がり壇上のユキに深く頭を下げる。

競演会が始まった、ローカルとは言え各教室のプライドが弾ける、着飾ったドレスに濃い目の化粧、ここでもユキはラスト、しかしピアノを前に様子がおかしい、右手で左手を庇うように押さえている、どよめく観客から罵声が飛ぶ。

「どうしたの、全日本準優勝」

「天才も二十歳過ぎればただの人ですか」

壇上のユキに浴びせられる言葉に拳を握りしめる、薬指が熱い。

前の席の女の子が振り返り楓に伝える、

「先生、私を助けようとして手を怪我したみたい、大丈夫かなあ」

楓、握り締めた拳を開く。

「そういうことか」

立ち上がり女の子の頭を軽く撫で、

「ユキ先生、本当は凄く上手なんだよ、でも怪我してるんなら今日は弾けないみたいだね、あたしが弾くよ、聴いてな」

振り向いた母親が驚き両手で口を覆う、目の前に立っている女が誰だか気付いたようだ、弾くことが出来ないユキが席を立とうとした時、楓が壇上に上がって来た、驚くユキとたじろぐ司会者、

「ねえ司会の人、この人さっき子供助けた時に手を怪我してる、だからあたしが代わりに弾くよ、友達だし、ユキが出たコンクール優勝したのあたしだからいいでしょ」

どよめきが歓声に変わる、観客が一斉にマナーを無視してスマホをステージに向けだした、この空間に楓を知らない者はいない。

「ちょっとそこの人、それ貸して」

司会者から強引にマイクを受け取ると、

「一つだけ言っていいかな、ピアノはお金も時間もかかるし、愛されて支えられて守られて続けていけるもんなんだ、努力しろ、諦めなければ夢は逃げたりしない、ガキどもよく聞け、一人で上手くなった様な顔するな、いいか、以上」

鎮まる観客。

「返事は！」

小さな『はい』が木霊する。

「声が小さい！」

再び大きな『はい』が木霊する、続いて拍手が沸き上がる。

「よろしい、頑張れ」

日本一のピアニストの言葉は重く厳しく恐ろしい。

目を潤ませているユキの前に立つ楓、優しく声を掛ける、

「弾きたくても弾けない人の気持ち、少しはわかった？」

「どうしてここに？」

「成り行きだよ、黙って見てるつもりだったけど、あんたが侮辱されるの聞いてたら我慢できなかったんだ」

「楓……」

「あんた、あたしのたった一人の怒ってくれる友達だからさ、わかったらどいて」

椅子に腰を下ろし譜面に目を落とす楓、

「あ、この曲は！」

それはコンクールで楓が優勝した時、弾いた曲だった。

「どうして？」

「ずっと練習してたの、悔しかったから」

嬉しそうに微笑む楓、

「やっぱり今でもピアニストだな、ユキ」

指のストレッチを始める楓。

「楓、リハもなくて大丈夫？　それに指は」

「うん、大河が教えてくれたんだ、出来るって信じればきっと出来るって、でもこれならなんとかなりそう」

演奏が始まり終わった、僅かな静寂の後、観客は総立ちで拍手、泣いている者すらいた。

笑顔で軽く客席に一礼してユキに一声かけ、ステージを去る楓。

楓は裏口でユキを待っている、待ちくたびれてへたり込んだ頃、ユキがやっと出て来た、右手に花束、左手には包帯。

「遅いよ〜」

「ごめん、あの後大変だったんだよ、うちの教室に入りたいとか、彩矢さんも教えてくれるのかとか」

「商売繁盛でよかったじゃん」

「今いる生徒を大事にしたい、だから断った、私そんな器用じゃないから」

楓は座り込んで動かない、ユキが花束を渡そうとする。

「この花、皆さんが貴方に是非渡してくれって預かったの」

「いらない、喰えないし、店にでも飾って」

「そう言うだろうと思った、それでよく子供達に凄いこと言えたよね、でもスカッとした、私はあんな風に言えないから、ありがと」

「ははは、あたし心の声が外に出るタイプなんだ、でも疲れた〜一曲だけなのにね」

「それだけ集中してたんじゃない、いい音出てたよ、聴いてるこっちが震える位」

「でしょう、やっぱりあたしまだまだ上手いんだ」

ユキ、楓を横目で見て鼻で笑う、

「ふーんそうかなあ、テンポが一度ずれたし音も二回外したよね」

「あは、ばれてた、それがわかるのはあの空間であたしとユキだけだよ、でも精一杯弾いたよ、今出来るすべてで」

「そんなこと、わかってるよ」

ユキは奇跡を見た、大怪我をして指が動かず何カ月も鍵盤に触れてない楓が、リハもせず即興で堂々と難曲を弾きこなしたこと。

「ユキ、今日のことだけど……」

「わかってる、このお礼は今度」

「今度はダメだよ、あたしは今腹が減ってるんだから」

ユキ、微笑みながら諦め顔でうなずく、

「さすがユキ、その為に待ってたんだよ、今日のあたし焼肉気分なんだ、それでチャラってことで、タン、カルビ、ロースでよろしく、ついでにチャンジャとセセリも」

「敵わない、貴方には」

楓に負けて泣いた夜、ピアノを諦めて泣きつぶれた夜、全てがほどけて溶けていく、あの負けがこの今日に繋がっているんだとしたら何故だか無性に嬉しかった。

「楓、あの時は悔しかったけど貴方に負けて良かった」

駆け出した楓には聞こえていない、

「え、なんか言った？　早く、肉、肉、肉だよー」

春風がぬくもりと別れを運んでくる。

開店準備が終わり朝食、大河が叫ぶ、

「おーい出来たぞ、今日の飯はカルボラーメンだ」

首を傾げる楓、

「なんだそれ？」

「まあ喰ってみろ」

「美味しい！」

「マジ旨いッス」

「まずベーコンと玉ねぎを炒め、牛乳とうちのスープを半々、そして麺を入れ火を止めたら卵を落として一気に混ぜて出来上がりだ」

ケン、懸命にメモを取っている。

「ケン、伸びちゃうぞ、先に喰え、麺バリ硬な、アルデンテだ」

「うス」

洗い物を始めた楓に大河が声を掛ける、

「なあ、楓いつやるんだよ」

「なんだよ」

「コンサートとかだよ、ケン、楓さあミュージシャンなんだよ」

「へえーカッコいいッスねえ、で何を？」

「そりゃあドラムだろう、叩くのが仕事なんだから」

「そっか、楓さん結構、男性的なとこありますもんね」

「ほっとけ」

楓、二階に消えた。

「あいつ、何怒ってるんだよ」

この二人の天然、ほぼ無敵。


ある日、「元」に一人の男が訪ねて来た、男の名は秋山、精悍な顔つき、三十代半ばで市の観光課課長らしい。

「突然ですが来月第二日曜日の港まつり、お昼の目玉イベントでラーメンバトルを企画してまして、ぜひ元さんに出場していただきたいんですが」

「ラーメンバトル！」

「はい、十店舗予定してまして、市でアンケートを取った結果、元さん十五位でした」

「じゃあダメじゃん」

素っ気ない楓。

「いえ、辞退される方もいらっしゃって、元さん十位に繰り上がったんです」

「それもあんまり嬉しくないなあ」

大河も楓も全く興味を示さない、ケンだけは嬉しそう、

「大河さん、出ないっスか、祭りっスよ、楽しそうじゃないっスか、十五位でも凄いですよ」

「ケン、あたし達だけで決められないじゃん」

「そうか、そうですよね、源さんの」

大河は火加減を見ながら、

「そういうことだ、ですからこの話は」

秋山、即断されては大変と話を続ける。

「結構いい話なんですよ、市のイベントなので出店料無料、出れば知名度も上がるし、宣伝広告やチケットの販売管理、什器備品等もすべてこちらが用意負担します」

「そうは言われても」

「それから優勝すれば賞品は市内飲食店で使える十万円分の食事無料券です」

洗い物を始めた楓の手が止まった。

「十万円の美味しい物？」

楓が割って入って来た。

「どんなものでも？」

「はい、和食、イタリアン、フレンチでも好きな物を十万円分！」

「好きな物を十万円分！　ああいいね」

楓の瞳が輝く。

「だから俺達だけじゃあ決められないって言ってるだろう」

「じゃあ源さんに聞いてみようよ、あたしはいいよ、な、ケン」

「ウス、バリ燃えます」

「お前は美味しい物が絡むとやたら前に出てくるなあ、優勝しないと貰えないんだぞ」

「わかってるよ、でも大河この前言ったじゃん、出来るって信じれば出来るって」

「それとこれとは話が別だ」

楓は引かない、食い下がる、

「同じだよ、お世話になった源さんにいい置き土産になるじゃん」

大河はこの女、嘘を言っていると思った、仮に少しはそんな気持ちがあったとしても恐らくごく僅かだと。

一応源さんに報告してからの話ということになった。昼の営業の片付けが終わった頃、

「じゃああたし行ってくるね、源さんとこ」

速攻で出かけようとする楓。

「ちょっと待てよ」

大河の呼び掛けに楓は振り向かない。

「さっきからずっと目をそらしているが、何か企んでいるだろ、俺の目はごまかせないぞ」

「今夜はこのあたししか手が空いてるのいないじゃん」

「怪しい、小嘘ついて源さん丸め込むつもりだろう」

「やれやれ、相変わらず人を信用できないやつだな、大丈夫、あたし嘘と不味い物大嫌いだから、じゃあね！」

大河は超不満顔、ケンは大爆笑。

病院に着いた楓、源造は術後良好らしく四人部屋に移っていた。

「源さんこんにちは」

「おう楓ちゃんか、よく来たね、掛けな」

「はーい、顔色もいいね」

クリスマスイブの時より血色が格段に良くなっている。

「ああ抜糸も終わって後は落ちた体力を戻すリハビリが終われば退院だ、食欲も出てきたし」

「良かったね、仕事も？」

「ああそうだなあ、三月中には何とかなりそうだ」

「そっか、そしたらあたし達お役御免だね」

「寂しくなるなあ、お前たち二人の漫才もっと見ていたかったけど。大河には言ったんだよ、このまま居ないかって」

「そうなんだ、で、なんて？」

「返事しなかったからやめるつもりだろうな、ケンのこともあるし、うちの負担とか考えたんだろう、元経営者だからな」

楓、そのことは考えないようにしていた、わかってはいるけれど。

「そういえば源さん、今日、市の観光課の人が来てね、来月第二日曜日港祭りのイベントでラーメンバトルやるんだって」

「へえそうか、あれ結構大きな祭りだからな」

「それで、アンケートとったら『元』が十位に入ってたんだって」

楓、早速一つ目の嘘をついた。

「お前たちが頑張ってくれたお陰だよ」

「それで十位まで無料で出場資格があって出ないかって、しつこく誘われたんだよ」

「いやあそれはちょっと無理だろう、わしもまだこんなだし」

そしてこの女、二つ目の嘘を、

「あたしもそう言ったんだけど大河とケンがノリノリでさ、お世話になった源さんに置き土産だ、とか言っちゃって張り切ってさ」

美味しい物が絡むと平気で嘘をつく、しかもすぐにばれる嘘を、

「そうか、置き土産なんて別にいいけど、ここまでやってこれたのは皆のお陰だ、いいよ大河達がやりたいんなら好きな様にやりなさい、でも楓ちゃんは乗り気じゃないんだろ」

「いや皆がやるならあたしも頑張るよ、大事な仲間だから」

楓は自分のシナリオに酔いしれている。

「面倒かけるな、楓ちゃん」

「大丈夫、源さんは心配しないでゆっくり養生してて」

病院を出て、大河に連絡を入れた。

「大河、源さんが好きなようにやれって、結構乗り気だったよ」

それは嘘ではないがそこに行くまでの過程はすべて嘘だった。

「本当かよ、じゃあ帰って来たら話し合おう」

「もうやるって言ってきたよ、源さんも喜んでいたし、最後に恩返ししてあげようよ」

五パーセントの建前で押し通す楓。

「マジかよ、嘘ついてないか楓」

「ああもう、少しは成長したかと思っていたのに悲しいよ、人を信用できないなんて。生まれ変わるって決めたのなら、そういう所から直さなきゃ」

大河、無言。

「聞いてるの、人が心配して言ってるのに」

「わかった、じゃあな」

大河、半信半疑だった、いや一信九疑位だった、普段は単語ばかり使うくせに、此処という時はやたらよく喋る、ただ楓の恩返しという言葉には少し納得はしていた。

　あの時、楓と源造に会わなかったらと思うと、最後に何かしてあげたいという気持ちは確かにある、少し迷った末に秋山の携帯に参加申し込みのメールを入れた。

「成り行きってやつか、なるようになるさ」


　病院からの帰り道、楓が「コンチェルト」に向かって歩いていると、突然角で尾花と出くわした、チョイ悪風のスーツを着こなしている。

「あ！」

「どうも」

　笑顔無き会釈、二人揃って同じ方向へ。

「ついてこないでよ」

「俺もこっちに用事があってね」

「取り立てとか？　いやあ臓器売買、危ない薬とか」

「人聞きの悪い、アフターだよ」

　楓、速足で急ぐ、「コンチェルト」に着いて扉に手を掛けると尾花が後ろにいた。

「何、何なの？」

　扉を背に立ちふさがる楓、

「ここはあたしの友達の店なんだ、悪い事するならよそでやって」

「相変わらず威勢のいい女だ、客だよ俺は」

表の喧騒に気付いたのかユキが出て来た、

「あら楓どうしたの？　あ、尾花さん、え、二人知り合い？」

「うん、あたしさあ、この前この人に売りとばっ」

尾花が楓の前に立ち言葉を遮る、

「この娘、俺がよく行くラーメン屋のね、そうだ、スモークサーモン切っといて、すぐ行く」

大慌てでユキを店内に押し込みドアを閉める、

「頼むよ、ここは俺の唯一リラックス出来る大切な場所なんだ」

「悪いこと考えてない？　ユキを売り飛ばそうとか」

「ないない絶対ない、プライベートで来てるだけだって」

あの時の尾花とは思えない慌てぶり。

「本当かな？　今も咄嗟にラーメン屋とか平気で嘘ついてたし」

楓は十分前もっと大きな嘘を平気でついてきたのだが、

「あたしお腹がすくと口が軽くなるんだ」

「わかった、何でも好きな物食べていいから、奢らせて下さい」

「了解、あたし貝になる！」

店内に静かにけだるく流れるジャズナンバー、カウンターの端と端に座った二人、座るなり速攻でオーダーを入れる楓。

「白のグラスワインとゴルゴンゾーラ入りチーズ盛り、それから生ハムサラダも取りあえず」

忌々しそうに楓を見つめる尾花。

「ユキ、今日尾花さんがゴチしてくれるんだって、いつも美味しいラーメン作ってくれるからって、いい人だね」

「顔は怖いけどいい人だよ、尾花さん」

作り笑顔で会釈する尾花。静かに時が過ぎていく。

「ママ良かったら一曲、弾いてくれないか？　俺、誕生日なんだ」

ほろ酔い加減の尾花がやっと口を開いた。

「それはおめでとうございます、何かリクエストありますか？」

「ああ、けど曲名が思い出せない」

楓が箸を置いた、薬指が熱い、

「ユキ、楽譜本貸して」

目次を開きそれを見つけた。

「あった」

尾花は不思議な成り行きを見守る、

「あんた俺が聴きたい曲がわかるのか」

「黙ってて、多分これで間違いないと思う」

楓がページを開きユキに見せる。

「え、これなの、シナトラじゃなくて？」

「唄える？」

「うん前にクラブで唄ってたから、でもこのバージョンだと弾き語りは無理だよ」

「あたしが弾くよ、指が弾きたがってるんだ」

ユキは楽しそうに話す楓の変貌ぶりに驚いた、ピアノを前にして鍵盤に指を落とし軽く流しながら、彼女にキーを確認、

「いい、いくよ」

静かにピアノのイントロが流れる。

尾花が驚き、咥えていた煙草を落とす。楓とユキが顔を見合わせ微笑む。

曲の名は『アズ・タイム・ゴーズ・バイ』、１９４２年のアメリカ映画『カサブランカ』の中で、酒場のピアノ弾きサムが唄う名曲。

ハンフリー・ボガード（リック）とイングリット・バーグマン（イルザ）の二人が演じる、悲しいラブストーリー。

第二次世界大戦中、欧州で生き別れになった二人が数年後カサブランカで再会、しかし恋人だったリックは死んだと聞かされていたイルザは新しい男を連れていた、ナチスの迫害から逃

れるためにアメリカに亡命を求める二人をリックは命がけで守り約束を果たす。

尾花は泣いている、溢れる涙を隠せずサングラスをかけた、楓が弾き終わると二人の元へ尾花が拍手をしながらやってきた。

「参ったよ本当に参った、二人共凄いなあ、ありがとう、最高の夜だ、でもどうしてこれが俺の好きな曲だとわかった？」

「あれだけ、ボギー、ボギーって言ってればわかるよ、あたし映画音楽結構詳しいんだ」

「そうか、こんな男になりたかったなあ、これ少ないけど」

三万円を楓に渡す尾花。

「いらないよ、成り行きで弾いただけだから、約束通り今日の飲み喰いでいいよ」

上機嫌で尾花が帰った後、飲みなおす二人。

「ねえユキ、あんた歌手だったら売れてたんじゃない、歌なら到底かなわない」

「そう思ったこともあるけど、やっぱり私もピアノが好きなんだ」

ユキ、空いたグラスにワインを注ぎ、

「ねえ楓、貴方の成り行きってさ、いつも誰かを助けてるね」

「はは、たまたまだろうけど、クリスマスイブに大河を助けてから成り行きでいろんな人に関わってきたなあ」

「あれ、イブに助けられたのは貴方じゃなかった？」

「ユキだから言うけど、あたしは死ぬつもりなんて無かったんだ」

イブの夜、昼間黒田と揉めた後、やけ喰いして疲れ頭を冷やそうとビルの屋上に上がり大河と出会った、いきなり暗闇で胸を掴まれて驚いて咄嗟に出た言葉が『死にたい』だった。

かなりナーバスになってたから出た言葉かもしれないが、死ぬ気なんてまったくなかった。

ユキ、グラスを磨きながら話を聞いている、

「あいつ最初の頃、あたしを助けたこと生きる張りにしてたみたいだったから、そこのとこだけ花持たせてやろうかなって、でも言わないけど感謝してるんだ」

「え、どんな？」

「指が動く様になったのもピアノをまたやろうかなって思えたのもあいつのお陰だし」

「好きなんだ、大河さんのこと」

「わかんない、あたし口は悪いし嘘つくし大食いだし、でもあいつの傍だと自分を出せるんだ」

「それが好きってことじゃない、伝えないの？　自分の気持ち」

楓が悲しそうに目を伏せる、

「言わないよ、もうすぐお別れだし、それに大河が心に持ってる大きな傷はあたしにはとても背負えそうにない」

「そう、これ食べなよ」

楓の目の前に山盛りのイチゴ。

「わあ、マジ旨そう！」

この女、恋愛感情と美味しい物はスッパリ切り離せる。

翌日昼営業が終わる頃、ユキが「元」に来た。

ユキの風貌に色めき立つ男達。楓、お冷を出しながら、

「どうしたの？　今日は」

「一度来てみたかったんだ、それに」

ユキは黙って大河を見つめる、視線を感じた大河、嬉しそうに表に出て来る。

「楓のお知り合いですか、こんな綺麗な人が」

「何、出てきてんだよ、早くラーメン作れ」

「わかってるよ、でもお前お客さんの前でその口の利き方は何なんだよ」

ユキ、笑いながら、

「いいですよ、友達だから、でもいつもこんな感じで？」

「いやいや、いつもはもっと酷いんですよ」

楓の顔が怒りで歪む、

「言いたいことはそれだけか？」

「まだたっぷりあるがやめといてやる、お友達の前だから」

大河とケンが嬉しそうに二人連なってラーメンを運んできた。

「俺、ケンって言います、お名前は？」

「柳ユキです、この近くで『コンチェルト』っていうピアノバーやってます、よかったら今度遊びに来てください」

「マジっスか、大河さん、今度三人で一緒に行きましょうよ」

「いいなあ、お前の歓迎会やるか！」

楓、ケンを横目で見て、

「ケン、修業中の身で何を色気づいてんだよ、ラーメン伸びるだろ、向こう行けよ」

大河とケン、無言で厨房に撤退。ユキが食べ終わると速攻二人中から出て来た、ケンは水差し、大河はダスターをとってつけたように手に持っている。

「ユキさん、楓とは長いんですか？」

大河、興味津々、

「初めて会ったのは十年前だったけど、こうやって話せる様になったのはつい最近です」

「じゃあユキさんもバンドを？」

「はぁ？」

「聞いたんですよ、楓が音楽やっててドラム叩いてるって」

楓が慌ててユキに目で合図を送る、何となく理解したユキ。

大河が腕を組み頷きながらユキを見つめる、

「ユキさんはボーカルじゃないですか？」

「そうなんだ！　ユキの歌の上手さ半端じゃないよ」

ケンが乗り出してきた、

「ユキさん何系ですか、Ｊ－ＰＯＰ、アイドル系とか？」

「ごめんなさい、うちカラオケ置いてないの、たまにピアノで弾き語りするぐらいで」

「いい、いい、そっちの方が上品なユキさんには絶対似合ってますよ、ねえ大河さん」

「ああそうだな」

「悪かったな、下品で」

楓、かなり不機嫌、ケン慌ててフォローする、

「いや、楓さんも毒舌やめて女性らしい格好したら相当なもんですよ、俺キャッチやってましたから素材を見る目はプロっス」

「才能ないからクビになったくせに」

「あたた、あれ楓さんにも原因があるじゃないスか」

「そうだっけ、そうだったごめん」

ユキ、三人のやり取りを楽しそうに見ている。

「でも私が初めて会った十五歳の頃の楓は凄いお嬢様だったのよ」

「マジッスか」

「何がお前をこんなにしたんだ?」

驚く二人。

「ユキやめて、昔の話は。そうだあたし達、来月の港祭りのラーメンバトルに出るんだよ」

これ以上の暴露はたまらないとばかりに必死で話題を変える楓。

「知ってる、うちにもポスター貼らせてってきてたから、それならここ宣伝しとくよ」

「よろしくお願いします」

大河が一歩前に出てユキと握手、しばらく手を離さない。それを見ていた楓、少しムカついた。

「何、気安く手握ってんだよオヤジ」

半分以上楓の言う通りだったが、ユキの前で卑下され照れ隠しから楓に突っ掛かる。

「バトルのことに関しては後で話がある」

「何だよ?」

「お前にとっては都合の悪い話だから後で」

「今言えよ、まどろっこしいの嫌いなんだ」

大河、大きく溜め息、

「今朝、売上報告とそのことの確認で源さんと話したんだ」

楓の目が少し泳いだ。

「誰がノリノリでやる気満々だって、やっぱり小嘘ついて源さん丸め込んだな、俺達がいつやるって言った」

「恩返しをしたそうな顔してたじゃん」

「それはそうだとしても嘘つかなくてもいいだろう、しかもすぐばれる嘘を」

「悪意がないからね、あたし、その方が早いと思ったんだ」

ユキとケンはこの二人のバトルを固唾を呑んで見守っている。

「仮に少しはそんな気持ちがあったとしてもお前は違うだろ」

「善意だよ」

「食欲だ」

「恩返しだ！」

「無料食事券だ！」

「何だと！」

睨み合う二人をよそに、ユキとケンは大爆笑。

「あっはは、たまんないこの二人、ラーメンが口から出てきそう」

「でしょう、もうすでにM1レベル超えてますから」

ギャグを飛ばした訳でもないのに大笑いされ怒りが萎み恥じらう二人。

「楓、帰るね、これ以上ここにいたらおかしくなりそう、ご馳走様」

外でユキを見送る楓、

「ユキゴメンね、折角来てくれたのに、あいつらお調子者だから」

「ううん、美味しかったし楽しかった、あんなに笑ったの久し振りだよ」

「ギャグ飛ばしたつもりはないんだけどね」

「でも二人を見てたら少し羨ましかったな、あれだけ本音でぶつかり合える人、中々いないよ」

「ストレスは無くなったかな、昔はストレスの塊だったけど、ここ二カ月ずっと泣いたり笑ったり怒ったりしてたから忙しくて」

「だからだね、貴方のピアノ劇的に変わってたもん、テクニックは到底かなわなかったけど感情が乏しかった」

「人を能面みたいに」

「能面は違うよ、あれは見る人の気持ちによって様々に変化する、何となくだけどそれを感じたよ、この前の貴方のピアノから、見つけたんだね自分のスタイルを」

「そんなもんかなあ?」

「戻るんでしょ、すべてが片付いたら貴方の居るべき場所に」

楓は何も答えない、優しい風が二人を包む。

四

翌日、休憩時間にラーメンバトルのミーティングを開いた大河。

「もう出ると決めた以上、中途半端じゃだめだ、源さんの為にも上位入賞を目指して頑張ろう」

「うス」

「上位じゃなくて優勝だろ」

楓はまだ諦めていない、十万円を。

丁度その時、秋山がポスターとチラシを持ってやって来た、祭りのメインは昼のラーメンバトル、夜はメジャーバンドを招いて一万人のスタジアムライブ、チラシを眺める三人、それはA3サイズで十店舗が載っていた、一位から五位までは大枠で写真入りのカラーだが、残りは文章だけの告知だった、しかも「元」は締め切りギリギリで参加申し込みをしたせいか更に小さな枠だった、三人、意気消沈、大河、不満げに、

「この広告、差がありすぎませんか？」

「すいません、元さんの場合時間がなくて、でも席数三十、設備などは統一してますから」

「それはそうでしょうけど」

楓、肘で大河を小突き、

「何をやる前から弱気になってるんだよ、まだ時間はあるじゃん、あ、見てこれ」

参加店の中に「孫飯店」の文字があった。

「お知り合いですか？」

秋山が百枚程束ねたチラシを大河に渡す、

「ええ、うちの大将の師匠で僕らも随分お世話になってます」

「そうですか、この企画、評判よければ来年もやる予定なんですが、孫飯店さんは今回限りということで、ご高齢ですし最後にこの街に恩返しがしたいとおっしゃってました」

「聞いたか楓、皆純粋な気持ちで臨んでいるんだよ」

「あたしのどこが不純なんだよ」

ケンが割って入ってきた。

「まあまあそれは置いといて作戦会議始めましょうよ、もう時間もないっスから」

この頃、ケンは源造の様にいいタイミングで二人を取り持つ。

「じゃあ帰ります、頑張ってください、それから今日のアンケートでは元さん順位を五つ上げて正真正銘十位でしたよ」

「よっしゃー」

ケン、ガッツポーズ、大河と楓も笑顔で見つめ合う。

三人テーブルを囲んで、まず大河、

「どうする、祭りだから派手に行くか、分厚いチャーシューや煮卵入れたりとか、いやいや待てよ、ローストビーフもありだな」

「いいっスねえ、お客さん喜びそうっス、大河さんさすがっス」

楓がテーブルを叩いた、

「あんたら馬鹿じゃないの、提供価格も決まってるし、それを食べて次にその人がここに来たらがっかりするんじゃないの？」

大河とケン萎む。

「肩肘張らずにさ、いつも通りにやろうよ、あたしとケンがサポートするから大河は美味しいラーメンを作れ」

作戦会議一分で終了、そして明日チラシに載っている店を何軒か回ることになった。

昼営業が終わり着替えて街に繰り出す三人、ケンが一番嬉しそう。

「三人で出かけるのって初めてっスねえ、どこからいきますか？」

「もう十日しかないから、やっぱり一番から回って行こう」

「賛成、今日朝しか喰ってないから腹減って死にそう、早く」

楓も待ちきれない様子、

「じゃあ優勝軒っスね、俺一度行った事があります」

「そうか、でどんな味だ」

「旨いっスよ、でも喰わせてやってるって感じがありありでした、従業員も態度がデカいし」

「いいよ、ありありでも喰えれば上等、早く行こうよ」

優勝軒に着いた、昼時外れでも二十人程が列をなしていた、学生風やサラリーマン、色んな人が並んでいる、楓、思いっ切り落胆、

「マジ帰る、蕎麦が喰いたくなった」

「またそういうことを言う、折角来たんだし、トッピングや替え玉好きにしていいから」

「わかったよ、今日は付き合うよ」

楓かなり不機嫌、だがケンと大河が並ぶことで納得、その前は小さな子供を連れた四人家族が寒そうに並んでいる、二十分ほど待ってやっと家族連れが店内へ、楓も列に戻って来た。

「あーやっとだね、ご苦労様です」

楓に笑顔が戻った、その時、扉が開いた。

「やった！　あたし達だ」

先の家族連れが出て来た、まだ入店してから一分ぐらい、なにやら揉めている、

「すいません、うち小さいお子さんはお断りしてるんですよ、ほらここに」

若い従業員が小さな張り紙を指差す、そこには『未就学児童入店お断りします』と。

父親が食い下がる、

「寒い中ずっと待ってたんですよ、こんな小さな張り紙一枚で」

鼻を赤くした女の子は今にも泣きそうう。

「すいません、規則なんで」

「規則が何だよ！」

空腹と相まってか、楓バースト。

「こうやって行列のできる店ならどんな人達が並んでるか位、確認してたら済んだだろ、うちの店なら絶対こんなことしない」

楓の言葉に従業員の態度が急に変わった、

「あんたら同業か、なんて店？」

「『元』だよ、あんたらと同じバトルに出る」

「ああ、あの物凄く小さく載ってたあれね、はーん偵察かよ」

三人を鼻でせせら笑う従業員にケンも黙ってはいられない。

「お前んとこの店はお客さんに対する誠意ってもんがないのか」

若い二人は顔を近づけ睨み合う。

「ああもういい加減にしろよ、営業妨害だ、あんたらもお断りだ、帰れ、警察呼ぶぞ」

大河、ケンの前に立ち、

「もういい、こいつに何言っても無駄だ、ケン、今すぐ走って店帰って火入れてこい」

ケンは大河の言葉の意味を即理解、ダッシュで走り去った。

振り返ると生意気な従業員は居なかった。

「お父さん、ぼくらも近くでラーメン屋やってるんです、すぐ食べられますから、もし良かったら寄りませんか？」

楓が大きく深呼吸、怒りを吐き出した。

「いいとこあるじゃん大河、僕達行こう、美味しいの作るから」

「うん！」

「いいんですか、行っても」

「はい、喜んで」

「元」に戻るとあとは麺を茹でるだけの状態になっていた。

「ケン、ありがとな」

楓、子供達の頭を優しく撫で、

「すぐ出来るからね」

間もなく熱々のラーメンが運ばれてきた、寒さで固まっていた子供達もやっと笑顔、静かな店内に麺をすする音が響く。優しく笑顔で見つめる三人に父親が尋ねる、

「さっきラーメンバトルって言ってましたよね、あなた方も出場されるんですか？」

「はい、ぎりぎりなんとか」

「私福田と言います、駅前の四菱商事で働いているんですが、チラシとかがあったらください、会社や取引先、息子のサッカーチームなんかに配っときますから」

大河、チラシを半分福田に渡す。

「よろしくお願いします、そんなつもりじゃなかったんですが」

「わかってます、美味しいラーメンでお腹が、あなた方の優しさで心が満たされました、今日の恩は忘れません」

「いやあ恩だなんて」

「じゃあこうしましょう、恩は返せば終わりだから縁で、それなら続いていくものだから。バトルの健闘応援します」

「ありがとうございます、頑張ります」

三人並んで頭を下げる。末っ子の女の子が楓の手を握り、

「お姉ちゃん、今まで食べたラーメンの中で一番美味しかったよ、又来るね」

楓がその子を抱きしめる、次にこの子が来た時、自分はいないかもしれない、そう思うと胸が痛かった。

家族を見送った後、楓がよろめきながら座敷に倒れこむ、

「どうした、大丈夫か？」

「腹減った、あたし血糖値下がるとヤバいんだ、なんか喰わせて」

翌日、バトルまでの最後の休みをとって実家に戻った楓。

父、健司とリビングに二人、かれこれ一時間会話はない、足元でモーツァルトが空気を察して見守っている、楓が口を開いた、

「心配かけて御免なさい、でもこの三カ月という時間はあたしにとって大切な時間だった、いままで見えなかったものがはっきり見えてきたの」

「嫁入り前の娘が家出同然でか」

「言えば絶対反対するじゃん」

「当たり前だ、自分勝手にも程がある」

楓が立ち上がり麗子の居るキッチンへ、

「これ以上話しても無駄だね、パパにはわかってもらえない」

健司は内心後悔していた、適当な所で収めれば良かったと、どうあがいても父親は一人娘には勝てない、それを察した麗子が楓を諫める、

「楓、何の為に帰って来たの」

「やっぱり心配かけたことは悪かったって思ってるし、あとはあたしが三カ月間、何してきたか見てもらおうかなって」

「何だ、それは？」

健司の声のトーンがかなり弱々しい、楓の絶対音感がそれを聞き逃すはずはない、アドバンテージは貰ったと。

「ラーメンだよ、ママから聞いてるんでしょ」

「ラーメンなんて湯を沸かして麺とスープを入れれば誰でも出来るもんだろ」

「もういい黙って見てて、ママ、キッチン借りるね、それからこれ入れる鍋貸して」

楓がポットから鍋にスープを注ぐ。

「楓、それは？」

「あたしの仲間が一生懸命作ってるスープだよ、これで美味しいラーメンが出来るんだ」

買い物袋から海老、イカ、帆立、数種類の野菜を取り出す。海老は背開き、イカには隠し包丁、野菜を刻み下ごしらえは終了。楓の手際の良さに麗子、驚いている。

「楓、包丁なんて使って大丈夫？　怪我でもしたらどうするの」

振り向いた楓、両手を拡げ母親に向けた、手術痕が痛々しい。

「わかったんだやっと、これまでも色んな人に支えられてピアノ弾いてたけど、この両手はそれだけの為にあるんじゃない、触って掴んで人と触れ合って、それがあたしのピアノに繋がっていくんだって」

「楓……」

「パパ、血糖値が高いって聞いたから、そんな人でも美味しく安心して食べられる野菜たっぷりの海鮮ラーメンだよ」

魚介、野菜をガーリックオイルで炒めスープを注ぎ、別茹でした麺と合わせて出来上がり。

「海鮮ラーメン出来たよ、パパは塩分と麺少なめにしてるから」

健司がスープを一口含むと、

「旨い……」

それ以上は言葉にならない、愛娘が生まれて初めて自分達の為に作ってくれた料理に胸が詰まって二人とも箸が出せない、その姿を見て楓は涙が溢れてきた、自分勝手にやってきたことが、どれほどの心配を掛けたのか、

「ごめんねパパ、あと十日位で全部終わるから、そしたら又ピアノやるから、今度は聴いてくれる人の為、そして自分の夢の為に。でもそれ、熱いうちに喰って」

楓が帰ったリビング、モーツァルトは安心して眠っている。

「ママ、楓、変わったな」

「ええ」

「あんなに喋る子だったか？」

「私達が遠慮してたかもね、期待や未来を押し付けて」

「美味しかったな、あのラーメン」

「とっても」

バトルまで一週間を切った。秋山の話によると、何年か前やった時には、多い店で三百人、

少ない店でも百五十人は来たとのことだった、しかもお昼だけの営業なので集中してくる時の勢いは半端じゃないらしい、準備は万全にしてほしいとのこと、「元」では多い日でも百人を超えるのは月に二、三度くらい、それも一日通しての来客、半分の時間で、倍以上売り上げるというのは想像し難い数字だった。

「皆聞いてくれ、バトルの時間は十一時から四時、うちの昼と同じ時間帯だ」

「うス」

「仮に二百人来たとしたら五倍は忙しいはずだ、秋山さんは最低でも七～八人は必要だと。どうする？」

「俺は地元じゃないんで、つてがないっス」

「あたしもユキ位かなあ、それも聞いてみないとわかんないけど」

「ユキさん！」

大河とケンの顔が思いっ切り綻ぶ、

「何舞い上がってんだよ、それでも四人じゃん、後はどうすんの」

「そうだ！　俺が三人分働いてケンと楓が二人分ずつ、ユキさんはそのままで、これで八人だよ」

大河は名案とばかりに首を縦に振る。

「やっぱり馬鹿だこいつ、期待して損した、なんか食べよ」

「俺は買い出し行ってくるっス」

バトルまであと五日、秋山から吉報が届いた、「元」がランキングを上げて現在六位、チラシを渡した人達の声援が聞こえてくる様な気がした、最低でも二百五十杯位は用意した方がいいとアドバイスされ大河は頭を抱えている。

「うーんスープが百リットル、チャーシューが五〜六百枚、ヤバいなこれは、半端じゃないぞ、ケン、前の日ここ泊まりな」

「うス、バリ覚悟してます」


夜、楓は「コンチェルト」に来ていた、バトル助っ人の件はユキから快く承諾を貰えた。

「楓、私が行っても足りないんでしょう、後はどうするの？」

「さあ知らない、大河が五人分働くって言ってたよ」

その時扉が開いて、なんと尾花とケンが連れだってやって来た。

楓を見て目を丸くするケン、戸惑いながら、

「楓さん、おつかれっス」

「この前はどうもありがとう」

尾花が軽く手を上げ楓に笑顔で挨拶。

「え、どういうことっスか？」

「この前な、楓さんにピアノ弾いてもらったんだよ、いやー感動した、ママの歌と楓さんのピアノ、音楽なんてからっきしの俺でもグイグイきたよ」

「マジっスか、楓さん、ドラムだけじゃなくてピアノも？」

「あたしはドラマーなんて一言も言ってないよ、あいつが勝手に勘違いしてるだけだよ、いいよもうその話は、で二人は何でここに？　又、悪い企みでも？」

尾花苦笑い、煙草に火を点け、

「今日こいつから電話貰ったんだ、もう堅気の世界で生きていく覚悟をちゃんと聞いた、だから別れの盃だ」

ケン、頷きながら、

「あんな形で辞めたけど、兄貴には本当にお世話になりました、俺も大河さんと楓さんと仕事してたら少しだけ自分が好きになれました、だからケジメつけようって兄貴に」

「そっか、余計なこと言ってごめん」

楓がワインを飲み干すとすかさず尾花が、

「ママ、楓さんにお代わりを！」

尾花、期待満面。

「今日も奢るから一曲だけ頼むよ」

「やだ、今日は気分じゃない」

「まあそう言わずに。ママ、楓さんにサーモンとチーズでも」

ユキは笑いをこらえながら、

「はいありがとうございます、尾花さんわかってるね、楓の弱点」

「わかったよもう、でも今日はあたしが好きな曲弾いていいかな、ユキ楽譜貸して」

ユキが分厚い楽譜本を手渡す。

「あった、これユキいける？」

「『FRY ME TO THE MOON』いいね！ 私も大好き」

「アポロが月に降り立つ前に、思い描いて書いた曲だと思うと何かグッときちゃうね」

楓の軽快なタッチのピアノ、ユキの上手さを抑えてささやく様な優しい歌声にけだるく空気がほどけていく。

アパートに戻ったケン、スマホで検索サイトを開く、

「今宮楓、これでよし、え、マジやば」

そこには今と雰囲気は随分違ってはいるが確かに楓がいた。

『彩矢、日本至宝のピアニスト、現在活動休止失踪中、目撃情報多数あり』

翌昼後、洗い物をしている楓に擦り寄るケン、変ににやけている。

大河は港祭りの大会事務局に打ち合わせで出かけていない。

「楓さん、見ましたよ、彩矢、いやーメッチャ驚いたっス、これだけの有名人と、痛っ」

楓はケンの足を思い切り踏んづけた。

「何見たんだ！」

「スマホで検索したら出るわ出るわ、楓さんスーパースターじゃないスか、よくばれずに今日まで、俺これ買っちゃいました、後でサインをお願いします」

袋から大事そうに取り出したのは楓のＤＶＤだった。

「やだね、捨てちゃえそんなもん」

それは去年最後にやったツアーのアルバムだった。

「大河にそのこと言ってないよね？」

「うス、言ってないです、何か事情があるのかなと思って、あの人まだ楓さんのことドラマーだと思ってますよ」

「言いそびれたんだよ、ピアノ辞めるつもりだったから、絶対言っちゃ駄目だからね、言う時は自分で言う、わかった？」

ケンはＤＶＤを愛おしそうに優しく撫でて、

「うス、でもこれ買う時の優越感バリ半端なかったっス、こうやってこの人と仕事してるんですからね」

「バトルが終わったらすべて話すつもりだから、今は余計なことで心乱したくないんだ、それ大河に見られないようにしまっとけ」

「うス、でもサインだけは絶対お願いします」


夕方、大河が戻った。

「楓、源さんの退院決まったぞ、来週火曜日午後だ」

「じゃああたしバトルで終わりかな、次の日ここ休みでしょ、大河はどうすんの、いつまで？」

寂しそうに尋ねる楓、その日がいつか来るのはわかってはいたが、もう少し先のことだと思っていたから。

「退院してすぐケンと二人じゃあ心配だし無理はさせられないから、俺はもう少しだけ残るよ」

「うス、でも楓さんがいなくなるなんてバリ寂しいっス、もう少し一緒に働きたかったッス」

営業終了、楓はコンチェルトへ、ケンもバトルに備えて体調管理の為、早く帰った。

大河は大量発注に備え仕入れチェックに忙しい。

「五倍ってのは半端じゃあないな、取りあえずビール飲んでと」

鼻歌交じりで栓抜きを探しているとケンが携帯を忘れているのに気が付く大河、

「あいつなんだよ大事な時に、そうだ」

ケンの携帯を開き何かをメモしたが、閉じようとした時に画面を濡らしてしまった。

「あ、いけね」

紙で水気を拭きとる、その拍子に検索サイトが開いて、そこには楓の名前があった、

「あいつ楓を検索してどうするんだろう」

しかし何故か気になり開いてしまう。

「これはまさか楓？」

程なくしてケンが戻って来た、

「おつかれっス、携帯忘れちゃって」

「ケン！」

「うス」

「お前知ってたのか、楓の正体？」

ケン固まる、俯いたまま答えない。

「答えろ！」

「うス、二日ほど前です、楓さん、大河さんには自分の口でちゃんと言いたいって、でもバトルの前だから今は余計なことで心乱したくないからって」

大河、ビールを飲み干し大きく溜め息、

「わかった、お前もこのことはバトルまで触れるな」

ケンが帰ったあと一人思い巡らす、怒りなどは無かったが心の中のモヤモヤは否めなかった、店を閉め「コンチェルト」へ向かう大河。

川沿いの道を歩きながら、大河は一抹の不思議さを拭えない、何故あれ程の有名人が三カ月の間ずっと傍にいたのか。

「俺があの時、命を助けたからかなあ？」

「コンチェルト」に着いた。

店内に入ろうとすると扉が開いた、咄嗟に身を隠す大河。

「楓、マフラー忘れてるよ、今大事な時だから気を付けなきゃ」

「ユキ、あんたがマネージャーだったら、あたしいい仕事出来そう」

「それでバトルが終わったら話すの？」

「うん全部ね、もう隠し事したくないんだ」

「クリスマスイブのことから？　貴方がまったく死ぬ気なんてなかったことも」

「ううんそれだけは言わない、あたし達だけのことだし言う必要もないよ、それを言うとあいつへこみそうだから」

「そうだね」

息を殺して陰で聞いていた大河、心が砕けていくのを感じた。

川沿いの帰り道、ベンチに座り込む、

「結局あの夜、助けられたのは俺だけだったんだ」

唯一繋がっていた楓との糸が解けて切れ悲しくて空しくてやりきれない、澄み切った夜空に燦然と輝くオリオン座が涙で滲む。

　バトルまであと二日、営業しながら大量の仕込みに余念のない三人、けれど楓は居心地の悪い空気を感じていた、大河もケンも必要なこと以外喋らない。

「大河、なんか皆ピリピリしてない、もっと楽しくやろうよ、どうせやるならさ」

「わかってるよ、でもなあ仕込みが」

　本音をいえば仕込みで気持ちを紛らせていた、何か喋ろうとしても言葉に詰まる。

「大河、あんたがもし倒れたりしたら全部終わりだよ、少しは休みなよ、少し話もあるからさ、ちょっと出ない？」

「そうっスよ、この前大河さん言ったじゃないっスか、オンオフ大事だって、任せてください、ちゃんとやりますから」

　ケンも何か重いものを感じているのか楓をサポ。

「わかった、ケン頼むわ」

　川沿いのカフェ、この前大ゲンカした後に二人で来た店だった。

「あたしミルクティー、大河はコーヒー、ブラックだよね」

「ああ」

　珍しくドリンクしか注文をしない楓に大河尋ねる、

「お前、今日は何も喰わないのか？」

「うん今日はいいや」

「どっか悪いんじゃないのか？」

「なんだよ、いつもあたしがお腹空かせてるみたいに」

大河がやっと笑った、それにつられて楓も笑う、

「今日初めて笑ったね」

楓の優しい言葉に大河の心も少しほぐれた。

「話ってなんだよ」

「バトルが終わったら聞いて欲しいことがあるんだ」

大河は昨夜のことがまだ心に引っかかっていて素直になれない、

「今話せば」

「今は言わない、自分の気持ちを整理してから言いたいんだ」

大河がまた黙り込む。

「じゃあ今言えること一つだけ言うね」

楓は大河を優しく見つめ、

「ありがとう、大河に会えてよかった、あんたがいたからここまでこれた、感謝してるから」

大河、その言葉に鼻の奥が熱くなったがぐっとこらえる。

「それまでどこにいても心は暗闇の中にいた、でもこの街でいろんな人と出会って、大河と一

緒にいろんな事やってるうちに少しずつ光が見えて来たんだ、そしてこれ」

楓が左手を開いて掌を大河に突き出す、そして握りしめる。

「大河のお陰でその光がこれから進むべき道を照らしてくれたよ、この手はあたしにとって命より大事なものだから」

大河、その言葉に心の堤防が決壊した、すねていた自分の恥ずかしさと楓の優しい言葉、そして命より大事なものという三重奏に涙がこらえきれない。

「なに泣いてんのよ、あたしの言葉に感動したんだ」

大河、ナプキンで涙を拭い、

「なんだよ、目にゴミが入っただけだよ」

「そのあたしより小さな両目に？」

大河、目をこすりながら、

「俺も一つだけ言っていいか」

「なにかなあ、コクるならもう少し暗くなってからにして」

大河苦笑い、楓照れ笑い。

「俺も楓に会えてよかった、ありがとう、今心からそう思ってる、あの時死ななくてよかった、こんな俺でもまだ誰かの役に立てたんだって実感出来た」

今日一番の優しい笑顔で楓を見つめる大河。

「じゃあこれでチャラだね、またあたしたち、ここからだ」

「ああ、これからだ」

楓が嬉しそうに頷く。

「ねえ大河、やっぱり喋りすぎて腹減った」

少しだけ暖かくなってきた風が二人を優しく包む。


土曜日、今日は昼で営業は終了、久し振りに三人揃っての夕食、楽しそうに腕を振るう大河。

「よし出来たぞ、今日は明日に向けてスペシャルメニューだ」

楓とケンが嬉しそうに大河の元へ。

「大河、何それ？」

「マジっ旨そうっス」

「カツだよ、明日勝つために、牛カツ和風おろしソースだ、ケン、ビールとラーメン三杯頼む」

「うス」

昨日のわだかまりも消え和気あいあいと食事が進む。

「ねえ大河、あたし達イブにこのラーメン食べてから、いろんなことがあったね」

「そうだな、でもこのラーメンが俺達三人を結び付けてくれた」

楓もケンも微笑み頷く。

「明日、結果はどうあれ精一杯やろう！」

「うん！」

「うス！」

五

バトル当日、大河とケンはスープの仕込みの為、朝七時に現地入り、夜ライブがおこなわれるスタジアムに隣接する駐車場にテントが張られ、バトル会場が設営されていた。

大河は下見に何度か来ているが、初めてのケンは大はしゃぎで走り回っている。

「やれやれやっぱりガキだな、ケン」

仕方なく一人で荷解きを始める大河、ケンが巡っていると優勝軒があった、やはり有名店は入り口近くに陣取っている。中では十名くらいのスタッフが忙しそうに作業をしていた。

その中の一人がじっとこっちを睨み付けている、あの時、家族連れと大河達を追い返したクソ生意気な男だった。そしてケンの方にやって来る、

「何、見てんだよ、コラ」

ケンは怯まずガンを飛ばす、

「何だとコラ、案内係なんて一番下っ端だろうが、早く仕事しろ、先輩に怒られるぞ」

下っ端と言われたのがよほど頭にきたらしく、いまにもケンに掴みかかりそうな男、その時、優勝軒の厨房から怒鳴り声、

「おい若菜、何やってるんだ」

振り返り頭を下げる若菜、そしてもう一度ケンの方を睨み付け、

「勝負で負けた方が土下座するっていうのはどうだ、それとも今謝れば許してやるけどな」

「上等だよ、吠え面掻くなよ」

ケンも大急ぎで、大河の所へ戻った。

「ケン何やってたんだよ、忙しい時に」

「すいません」

「まあいい、俺は切込みやるからお前スープ見ててくれ、あと二十分で沸騰するから丁寧にアクを取るんだ」

二本の寸胴で計百リットル三百杯分。

ケンは頭に赤いタオルを巻きエプロンを締める、戦闘準備は万全。

「アクが出尽くしたら弱火にして小沸騰状態な、気を引き締めろ、一番大事なとこだから」

「うス、任してください」

十分程で切込みを終えた大河、

「俺は投票券貰いに事務局行ってくるからしっかりな、頼んだぞ」

「よーし出来た、後は弱火にしてと」

アク取りが終わりホッとするケン、

「まだたっぷり時間もあるし、今のうちに一服だけしてこよう」

持ち場を離れ喫煙所に向かうケン。十分後、持ち場に戻った丁度その時、楓がやって来た。

「おはようケン」

「おはようっス」

楓は両手に食べ物を持っている、

「朝起きたら何にもないんだもん、参ったよ」

「楓さん、俺達一番になれますかねえ」

「あたしも目標はそこだけど、どうかなあ、皆大人数だけどうちは四人だしね」

ケンはとんでもない賭けをしたと後悔した、そこに大河が戻って来た、脇にはユキがいる。

「楓、おはよう、今丁度そこでユキさんと会ったんだ」

ユキの端正な顔立ちにバシッとラーメン屋スタイルが決まっている、ケン嬉しそう、

「さすが、ユキさんムッチャ似合ってます」

「やめてよケン、恥ずかしい」

「ケン、鼻の下伸ばしてないで仕事しろ」

十時、スタートまで一時間、孫さんが様子を見に来てくれた。

「皆、頑張ってるかい、準備終わった？」

「はい、なんとか」

孫さん、心配顔で大河達を見て、

「人数はこれだけか？」

「はいこれだけです、決まったのが急だったもので無理でした」

「大変だろうけど頑張れよ、一杯一杯丁寧にな」

孫さんのところは近所の老人会が手伝ってくれるらしい。

「スープは大丈夫か？」

「はい、孫さんに習った通りやってます」

「ケン、アク取りしっかりやったか？」

「うス、バッチリやりました」

楓はユキと仲良く何かを食べている。

「大河君、最後はあんたが味見しないとな」

「そうですね」

鍋の蓋を開けまず香りを嗅ぐ、そして味見。

「よし」

続いて二本目、味をみた大河の顔が曇った、様子がおかしい。

「何だこれは、ケン何した？」

大河の様子に驚くケン、続いて味見、

「え、何で」

二人を見ていた孫さんが味見をする。

「こりゃ酷いな、塩の入れ過ぎだ、使えない、どっちにしても勝てないな、これじゃあ」

「ケン、お前」

「本当に何もしてないっス」

楓とユキも味見するが二人共吐き出した。

「大河君、そうは思いたくないが、よその店とトラブルとかはなかったか、ここは一番端で人目がない、いやがらせ受ける覚えは？」

「何故だ、お前ずっといたんだろ？」

ケンが下を向いて答えない。

「答えろ！」

「すいません、アク取り終わって時間があったんで、少しだけ一服にいって十分位離れました」

「火の傍を離れたのか？」

「はい、すいません」

ケンに大河の拳が飛ぶ、楓が間に入る。

「大河やめて、謝ってるじゃん」

「謝って済むことと済まないことがあるんだよ、こいつには料理を作る資格がない」

ケンは飛び出していった、バトル開始まであと三十分、思わぬトラブルで全員沈み込む、楓が座り込んだ大河の前に立ち、襟首を掴む、

「大河、あんたがそんなんじゃ前に進めないよ、やるんだろ、まだ何も終わってないよ」

大河は顔を上げた、楓の言葉はいつも背中を強烈に押してくれる、勝負には勝てなくともスープ半分あれば何とか営業はできる。

「ああまだ始まってもないんだ、負けてたまるか」

「行ってくるよ、あの馬鹿迎えに」

「ああ俺達三人揃って『元』だ」

孫さんとユキが嬉しそうに目を細める。


遊歩道にケンは座り込んで煙草に火を点ける、口惜しさと情けなさが交錯してやりきれない、

「そうだこのまま消えれば土下座もしなくて済む、そうだよ」

立ち上がったケン、でもその場を動けない、二カ月間、何もできない自分を弟のように可愛がってくれた大河、同じ飯を食い同じ空間で泣いて笑って過ごした日々、捨てきれない思いが

ケンの心を揺さぶる。

「だけど、どの面下げて……」

「何一人でもやもやしてるんだよ」

振り返ると楓がいた。

「楓さん、どうして？」

「大事な仲間だからだよ」

「仲間？」

「そうだよ、あたし達落ちこぼれ同士、足りないところを補ってやっとここまできたんだろ」

「だけど」

「あんた、なんで殴られたか、わかってる？」

「それは俺がスープを駄目にしたから」

「違うね、あんたの未来を思って叱ったんだ、怒ったんじゃない」

「なんスか、未来って」

「ケン、いつかラーメン屋やるんだろ、もしあれが塩じゃなくて毒だったら人が死んでるよ、火事とかの心配だってあるし」

ケンは返す言葉が見つからない。

「あいつ一言も言わなかったじゃん、どこの誰がとかバトルのことなんて、あいつが叱ったのはケン、あんたの無責任さだよ」

ケン、子供の様に泣き崩れる、

「ううっうおおお」

「泣くな！」

ビクッとケン、背筋が伸びる。

「まだ終わってない、出来ることはきっとまだある、大河言ってたよ、三人揃って『元』だって」

「泣いていいっスか」

ケン、すでに顔が涙でぐしゃぐしゃに。

「駄目だ、泣くなら勝ってから泣け、そんな暇ない」

「うス、でも覚悟が出来ました、土下座する」

「馬鹿、土下座なんてしなくていいよ」

「元」に戻る途中、優勝軒の前を通ると、若菜がケンを見て笑った。

「あいつだ、あいつしかいない」

「どうしたの」

「楓さん、俺店に入る前あいつと揉めて」

「ケンやめとけ証拠も無いのに、ここであんたが暴れたりしたらそれこそ相手の思う壺だよ、一番の原因は火の傍を離れたあんたの無責任さだって、行くよ」

二人が戻ると秋山が来ていた、大河が孫さんと何か話している。

様子がおかしい、孫さん何故か車椅子。

「孫飯店さんいいんですか、出店料は無料ですが当日キャンセルはかなりの金額ですよ」

「仕方ないよ、ぎっくり腰なんだから」

ユキが心配そうに見守っている。

「ユキ、孫さんどうしたの？」

「急なぎっくり腰で、辞退するんで食材全てを『元』に譲りたいって」

「大会規約には抵触しませんが、それでいいんですね」

「ああ仕方ないよ」

大河は困惑している、ありがたい申し出ではあるが孫さんの気持ちを考えたら素直に喜べない、するとケンが孫さんの前に立ち手を握りしめ、

「ありがとうございます、この恩は一生忘れません、頑張ります」

「大河君、元々仕込みは同じだから微調整で味は同じになるよ、よし、そうと決まったら急いでうちのを運んで」

「わかりました、頂いた食材とお気持ち、絶対無駄にはしません」

孫さん、嬉しそうに微笑む。

「わしも片付けがあるから一旦戻ろう、楓ちゃん悪いけど椅子押してくれるかい」

「うん、いいよ」

孫さんのテントに戻ると、お年寄り達が忙しそうに片付けていた。

楓がそっと孫さんの耳もとで囁く、

「ギックリ腰って嘘でしょ、あたしもよく嘘つくから声でわかるんだ、いつもの声よりキーが二コ高かったよ、いいとこあるじゃん、孫さん素敵だよ」

「ははは、ばれたか、悔しいじゃないかあんなことで。それに源の弟子ならわしにとっては孫弟子だ、じじいは孫に弱いんだよ、でも内緒な、余計な気遣わせたくないから」

「でも孫さんさっき言ったじゃん、これじゃあ勝てないって、どういう意味なの？」

「今にわかるよ」

バトル開始五分前、何とか間に合った。

「皆、集まってくれ」

楓、ケン、ユキが大河の元へ。

「いろいろあったけど誰がやったとかもう考えるな、孫さんの為にも誠意を持って精一杯頑張ろう！　円陣組むぞ」

「やだよ、ダサ」

楓、あっさり却下。

「楓さん、そう言わずにお願いします」

「いいじゃない楓、私体育会系じゃなかったからやってみたいな」

ユキは結構乗り気。

「わかったよ、もう」

四人肩を組み円陣、気合いが入る、大河が叫ぶ、

「勝ち負けよりも孫さんへの感謝とお客の笑顔、いくぞー」

『オッシャー』


開始十五分誰も来ない、気合いと客足は比例しなかった、優勝軒はすでに行列、着ぐるみを着た店員が客を呼び込んでいる。楓とユキは投票券になる箸袋に箸を詰める、

「大河、これ幾つ作るの？」

「三百だ……」

「そんなにいるかなあ、この状態で」

楓はすでに諦め顔、十一時半やっと客が来た、しかし尾花と三羽烏だった、初めての注文が入る、あの殴られた時のことしか知らない大河は少し固まる、そして三羽烏が大河の元へ、

「何、なんだよ」

三人揃って深く頭を下げ、

「あの時はすいませんでした、楓さんには兄貴が大変お世話になっております」

「楓、お世話って何だよ？」

「成り行きだよ、でもこの人達そんなに悪い人じゃないよ」

ラーメンを運ぶ楓とユキ。勢いよく麺をすする四人、あっという間に完食、箸袋を尾花が回収。

「これ俺が投票しとくから、でもよそに比べてかなり客が少ないなあ、楓さん」

「スロースターターなんだよ、うちは」

「よそみたいに客引きでもすれば？」

「人手がないから出来ないんだよ」

「そこでだ、この前の礼と殴った詫びでこいつら使ってくれ、客引きならプロだから」

大河、困惑するが楓が答える、

「いいじゃん大河、まだ常連さんとか誰も来てないし、きっとこれからだよ、孫さんの為にも」

そのとき福田がやって来た、

「この前はどうもありがとうございました、そろそろうちの会社の連中が来る頃です」

福田は貰ったチラシを即配り終えてあとは口頭で宣伝してくれたらしい、その時に時間を昼からとしか伝えなかったのでいつ来るかはわからないと。

「ほらこれからだよ大河、団体さんとか来た時の為にも」

そして息子のサッカーのリーグ戦が終わればそっちからもかなりの数が来るらしいと。

「わかった、お言葉に甘えて、でも格好はどうする」

尾花、嬉しそうに、

「大丈夫だ、おい準備はいいな」

「はい、いつでもいけます」

上着を脱ぐと揃いの黒のTシャツ、赤のタオルを頭に巻き準備は完璧、三羽烏がケンの元へ。

「ケン、この前は大丈夫だったか、今日は俺達お前の手足になるから遠慮なく何でも言ってくれ、出来る限りのことはやるから」

「先輩……」

美輪が光、駆と一緒に十人程引き連れてやって来た。

「大河さん、父兄参観が終わって今から皆ボチボチ来ますよ」

「ありがとうございます、後何人位来ます？」

「時間ずらしてって言ってあるけど、全部くれば百人位かな」

「百！」

美輪が優しく微笑む。

「大河さん、ママ友ライン見くびらないでよ」

「ありがとうございます」

楓が大河の耳元で嬉しそうに、

「美輪さん、元気になって良かったね！」

「ああ、だけど回せるかなあ」

「大丈夫だよ、あたし達これまでいつでもなんとかなったじゃん」

ずっと車椅子に座って様子を見ていた孫さん、

「母さん、源造はいい弟子持ったなあ、わしらも行くか」

「はいはい、もうウズウズしてるんでしょ」

立ち上がり麺上げしている大河の元へ孫さん夫婦、

「スープ、盛り付けはわしらでやるから大河さんは麺上げを、お嬢さん方はお客様の方を」

「孫さん、無理しちゃ駄目ですよ」

大河慌てて制止する、楓が笑いながら、

「大河大丈夫だよ、この爺さん仮病だから」

「お前、孫さんになんて口利いてんだよ」

「いけない、ごめんなさい、つい心の声が」

「大河君いいんじゃよ、楓ちゃんには最初から見抜かれてたからな、わっはっは」

ケンのもとへ三羽烏が何かを持ってきた。

「先輩、それ何ですか？」

「整理券だよ、これがあればずっと並ばなくて済むんだ、自分の番が来る頃戻ってくれば祭り見物も出来るんだ」

「へえー凄いっスね」

「こんなこともあろうかと思ってな、昨日作ったんだ、俺も昔パティシエやってて日曜日なんか行列のできる店だったんだぞ」

「先輩……俺泣きそうっス」

「ケン頑張れよ、もう仲間じゃないが俺たちの可愛い弟だ」

「もう駄目っス、泣きます」

「馬鹿野郎、仕事中だ、持ち場に戻れ」

「うス！」

「ラーメン六杯、上がったよ！」

年の割には甲高い孫さんの元気な声が響き渡る。

『はい』

午後一時、気が付くと二十人程の行列が出来ていた、三羽烏の一人が大河に報告。

「大河さん、並びに二十五人整理券四十枚、今約七十人待ちです」

「おおー」

舞い上がる大河達に、すかさず孫さんがくぎを刺す、

「まだまだこれからじゃよ、気を引き締めて一杯目も百杯目も同じものを心を込めてな」

「はい」

表の行列は更に増え、待ちの人の為に三羽烏がジャグリングで繋いでくれている、ホールは楓、ユキ、ケン、知らずのうちに美輪まで流れる様にこなしている、ケンは楓にホールを託す、

「楓さん、俺は大河さんのサポート入ります、後はお願いします」

「任しといて、しっかりね」

「はい、でも凄いっス、全く無駄がない」

「ああ最高最上のオーケストラみたいだ」


午後三時、他店はそろそろ空席が目立ち始めるが「元」の勢いは止まらない、サッカー関係者が断続的に訪れて行列は途切れない、優勝軒と「元」の一騎打ちの様相を呈してきた。

「お一人様入ります」

楓の威勢のいい声が響く、

「いらっしゃいませ」

ケンが振り向くとそこには父がいた。

「オヤジ、なんで？」

「お前の店の人に電話貰ってな」

　ケン、大河と目が合う、笑顔でうなずく、父親が深く頭を下げる。

「俺に追い付こうって一生懸命頑張ってるから一度見てやってほしいと、でも何年かかるやら」

「オヤジ、俺は追い付こうなんて思ってないぞ、ぶっちぎりで追い抜いてやる」

「ほお、そりゃ楽しみだ」

　父子、顔を見合わせ笑顔。

　午後四時、サイレンが響きバトル終了。ただ、「元」と優勝軒はギリギリまでチケットが売れていたので終われなかった、流れとしては四時半結果発表、表彰式。

　最後の客を全員で見送る、大河はすべての火を落とし振り返る、

「みんなーおつかれ、あれ？」

　全員へたり込み、光と駆は隅で寝ている、孫さん満足そうに、

「大河君、もう勝ち負けなんかどうでもいいなあ、見ろ、皆疲れてるだろうがいい顔してるよ、最高の仲間だな」

「はい、すべての力出し尽くしたって感じですね、よく頑張ってくれました」

「大河～そんな訳無いだろ～美味しい物がまだだろ～」

　楓はテーブルに突っ伏したまま念仏の様に呟いている。

　尾花がビールを差し入れしてくれた、

「大河さん、これ皆で」

「ありがとうございます、今日は本当に助かりました」

「あいつら少しは役に立ったかい？」

「はい、彼らは最高の仕事をしてくれました、感謝しています」

尾花と三羽烏、ケン最高の笑顔。

「ユキさん、美輪さん、ありがとうございました」

洗い物を整理している美輪も笑顔で、

「二人があたし達家族にしてくれたことを思えばこのくらい、役に立てて嬉しいです」

ユキ黙って微笑んでいる。

「ほら～大河～皆にお礼しなきゃあ～それにはあれがないと～」

楓の念仏、再び。その時、秋山が険しい顔をしてやって来た。

「元さん、今朝、スープに何かされたって言ってましたよね、それ何時頃ですか？」

「ケン、何時だ」

「うス、九時半になったのを確認してから一服に行き、それから十分後に戻りました」

「やっぱり、ちょっとこれ見て貰えますか」

タブレットの画像を見せる、時間は九時三十五分、一人の男がスープの蓋を開け何かを入れた。

「こいつ優勝軒の若菜！」

秋山が大きくため息をついた、

「最高の勝負だったのに……」

普段と違う険しい目をした秋山、優勝軒の責任者と若菜を連れてくるよう部下に命じる。

「ここには防犯カメラが何台か設置されてまして、それにこの映像が。申し訳ありません」

秋山、深く頭を下げる。

「大事な持ち場を離れたうちのスタッフの責任もあります、頭を上げてください」

優勝軒が来た、事情を知らない責任者らしき男は憤慨している。

「なんで俺達がわざわざこんなところへ呼びつけられるんだよ、何様のつもりだ」

若菜は下を向いたまま喋らない、何故かケンは黙っている、秋山がタブレットを開いて見せる、

「優勝軒さん、今朝ここで不正行為がありました、寸胴一本分のスープを使い物にならなくした、しかもそこにいるお宅の従業員が関わっています」

映像を見た責任者は膝から崩れ落ちる。

「若菜、貴様とんでもないことを」

「時間がないので結論から言います、優勝軒は元さんに対する営業妨害で失格、理由も公表させてもらいます」

「待ってください、失格は受けます。でもそんな事を公表されたらうちは潰れてしまう、従業

員の事はお詫びします、でもやるべき事はやりました、お願いします、どうかそれだけは勘弁してください」

若菜も土下座して泣きながら懇願する、

「すいません、許してください、先輩達一生懸命徹夜で頑張ってました、俺で出来ることなら何でもします」

「君のやったことは犯罪に等しい」

大会のメインイベントに泥を塗られた秋山の怒りは収まらない。

「もういいじゃん、謝ってるんだから」

そこに楓が割り込んできた、

「あたし達も一度落ちこぼれた身だからさあ、その辛さはよくわかるよ、な、ケン」

「うス、一人の為に全体責任なんて俺はして欲しくないっス」

大河が秋山に頭を下げ、

「お願いします、僕らもこんな最高の勝負を無かったことにして欲しくありません」

「それでいいんですか、貴方たちは被害者だ、しかも優勝も決まるんですよ」

楓が心配そうに秋山に尋ねる、

「それで結果は？」

「まだ最終確認はしてませんが、二軒とも三百は軽く超えてます」

「そうなんだ、あ！」

楓が孫さんの方を見ると満足そうに微笑んでいる。やっとあの言葉の意味が分かった、駄目になったスープを前に孫さんが口にした言葉、『これじゃあ勝てない』。大河は三百杯分しか用意していなかった、長年のキャリアであの量ではたとえ完売しても優勝軒に勝てないことを孫さんはわかっていた。

「そうだ！」

楓が何か閃いた、

「勝負自体は正々堂々とやったんだし、うちのボスがいいって言ってるんだからいいじゃん、だけど条件がある」

全員楓に注目、こういう時の押しの強さは半端じゃない、

「スープの事は公表しない、勝負は白黒はっきりつける、その代わり条件が二つ、一つは『元』に対する謝罪と補償、もう一つは、えっと大河言ってよ」

来た、きっとあいつはあれを振ってくるだろうと思っていた。秋山と優勝軒、大河に注目。

「なんで俺に振るんだよ」

「元さんもう時間がないんです！　早く」

「……あの勝敗に関係なく優勝賞品をください」

秋山と優勝軒の責任者は胸を撫でおろす。

「それでいいんですか」

「はい、それでいいです」

楓、満面の笑み、大河恥ずかしそうに目を伏せる。

「ケン、お前それでいいのか？　俺に殴られてるからな」

「うス、俺にも責任あるし、いい勉強させてもらいました」

「よく言ったケン、成長したな、あたしも嬉しいよ、じゃあこれで終わり、ああ楽しかったね」


表彰式、三位までの発表が終わり、いよいよバトル優勝者の発表、秋山が一段高い所から周囲を見渡し最後に大河と目が合った。

「発表します、今年のラーメンバトル優勝は四百三十杯を売りました元さんです、おめでとう！　盛大な拍手をお願いします」

拍手に包まれ歓喜の輪が広がる、大河、楓、笑顔で抱き合う、ケン、三羽烏、飛び上がって泣いている、ユキと美輪ガッチリ握手、尾花、孫さん夫婦、優しい笑顔で見守っている。

二位の優勝軒は三百九十杯だった。大河もここでやっと孫さんが棄権した意味がわかった、食材を全て「元」に回さないと、優勝軒に勝てないことをあの人は感じていた。

大河、楓、ケンが孫さんの元へ、

「孫さん本当にありがとうございました、あなたがいなかったら絶対勝つことはできなかった」

「いいんだよ、頑張ってる若い人を助けるのは年寄りの役目だよ、それに皆の溢れるエネルギー吸い込んで若返っちゃったよ」

誰もが溢れんばかりの笑顔で輪になった、

「さあ、後は祝勝会だ！」

「うおお！」

歓喜の祝勝会、熱い勝利に笑顔が弾ける、バトル会場は夜は屋台になるためスタジアムの部屋を借りてやることになった、手伝ってくれた全員、そこに尾花、光、駆も加わり乾杯。

皆に促され、大河が挨拶、

「えー今日の勝利は、俺達三人じゃあ到底成しえなかった皆がくれた勝利です、途中楽しくて嬉しくて勝ち負けなんかどうでもよくなったけど、やっぱり勝ってよかった、ビールが旨い！」

拍手喝采、あちらこちらで再度乾杯。

楓は優勝賞品を眺めてにやけている。

「おい楓」

「何だよ、見てるだけじゃん」

「馬鹿、それのことじゃないよ、皆聞いてくれ、あさって源さんが退院します、それで楓は今日で終わりということになりました」

ケン以外一同、『えー』

「楓が皆に気を遣わせたくないと言うので伏せてましたが、今日はこいつの送別会でもあります」

光と駆は今にも泣きだしそう。

「楓、来いよ、皆に一言」

「やだよ、照れくさいよ」

「いいから」

促され、大河の横に立ち、皆を見回し優しく微笑む。

「長く話すの苦手だから気持ちだけ言うね、今迄あたし自分の事しか考えない、やな奴だったけど、皆に会えて少しはマシになったかな、ありがとう、楽しくて嬉しくて刺激的な三カ月でした、光、駆、終わりじゃないからね、ちょくちょく遊びに来るから」

二人はすんでの所で涙がとまったがケンはしっかり泣いている。

秋山がやって来た、上機嫌で迎える大河。

何やら様子がおかしい、さっきより更に険しい顔をしている、

「祝勝会中にお邪魔してすいません、この中にピアノの先生がいると聞いたんですが？」

大河とケンが楓をチラ見する。楓がユキを指さす。

「この人」

「ちょっと、何言ってるのよ楓」

「だってそうじゃん」

秋山の話ではもうすぐ始まる夜のメインイベント、港ロックフェス、一万人を集め何組かのバンドが出る予定になっているらしい。

ラストを飾る東京から呼んだメジャーバンドにアクシデント。

オルガン奏者が機材搬入中に転倒して腕を骨折、ラストとアンコールに用意していた曲が演奏不能になったという、元々そのバンドにはキーボードがいなくて秋山が手配したプレイヤーだった、話が変わるならキャンセルして東京に帰ると言いだしたらしい。

「どうかお願いします、もう誰も頼る人がいないんです」

「曲は何ですか？」

「DEEP PURPLEの『BURN』とアンコールが『HIGHWAY STAR』です」

ため息をつくユキ、

「曲は知ってます、どちらもソロパートがありハイレベルな曲で、しかもピアノじゃなくオルガンです、御免なさい私には無理です」

ユキは楓を見るが目を合わせようとしない。その時、大河が立ち上がり楓の前に、

「何だよ」

複雑な表情で大河を見つめる楓。

「お前なら出来るんじゃないのか」

「大河、知ってたの」

「ああ、つい最近だけどな」

「そうなんだ……でもこれは無理だよ、あたし達ピアノは基本ソロだから、バンドはみんなでやるもんだ、知らない曲だし、リハも音合わせできない、時間もない、それでどうやって」

大河、らしくない弱気な言葉で喋る楓を見下ろし、

「ふーん、天才ピアニストって呼ばれてもその程度か、やってみもしないで最初っから諦めるのか、ふーんその程度か」

「何だと！」

「大河さん！」

ユキが大河をたしなめる、

「楓が中途半端な事すればバンドにもイベントにも、そして彩矢の名にも泥を塗ることになるのよ、わかってる？」

「楓、信じろよ、お前が今日までやってきたことを、いいじゃないかダメ元で、堕ちたらまたそっから上がっていけばいい、俺は信じてる、お前なら出来るって」

二人熱く見つめ合う、そしてどちらともなく笑った。

「秋山さん、曲の音はあるの？」

指がかつてない程熱い、大河の挑発に楓の中の彩矢が覚醒した。

メモリーを差し出す秋山、携帯に差し込みイヤホンで確認、漂う沈黙と僅かな期待、十分後イヤホンを外した楓、大きく深呼吸、その瞳には強い光が宿っている。

「覚えた、やるよ、やってみる」

「ありがとうございます」

秋山にやっと安堵の表情が浮かぶ、ユキが楓の肩を掴み、

「楓、自分で何言ってるのかわかってるの、遊びじゃないのよ」

「わかってるよ、みんなのお陰でここまでやって来れた、だから証明したいんだ、信じればできるって、もう逃げない、この壁はあたし自身で破んなきゃ始まらない」

楓は感じていた、これまで誰かの為に弾いた時は傷ついた指が何かシグナルをくれていた、だけど今はその何倍も心の奥が熱かった、きっと自分の為、支えてくれる皆の為、聞いてくれる人達の為、その全てに一歩踏み出す時が来たんだと。

その時バンドリーダーらしき男が入って来た、ピアスを沢山付けている。

「秋山さん、無理なら帰るぜ俺達、げっ何であんたがここに？」

楓を見て驚く男、ジャンルは違ってもピアノ界の女王と呼ばれていた女の顔は知っている。

「成り行きであたしが弾くことになったからよろしく、それで出番は何時頃？」

「八時半位で」

「了解、ちょっと出てくる」

「どこへ行くの楓」

ユキは心配でたまらない。

「駅前にピアノスタジオがあったからそこで少し弾いてくるよ、それから穴だらけのお兄さん、オルガンの型は？」

バンドリーダー苦笑い、

「ハモンドです、女王様」

「了解、じゃあ行ってくる」


二時間後、楓が戻って来た、その手にはハンバーガー、口の周りにケチャップ付けて。

「楓、どこ行ってたんだ、まさか飯食いに」

「馬鹿、大河にはわかんないよ、音楽は腹が減るんだ」

ユキが駆け寄って来た、

「それでどうなの、出来は？」

「うーん九割かな、後はやってみないとわからない」

ユキは正直驚いた、たった二時間で聴いたこともない難曲をその手に掴んだことを、

「貴方見てるとホントにハラハラする、わかったわよ、私も覚悟を決めた、そこに座って」

「何するの？」

ユキがバッグから何かを取り出した。

「やるって決めたのならメイク位しなきゃ、ラーメン屋さんの格好で出るわけに行かないでしょう、さあこれに着替えて」

どこで調達したのかレザーのジャケット。

「面倒くさいよ」

「ダーメ、今日は今までとは違う、観客は貴方をゲストプレイヤー彩矢として見るんだよ、格好も大事！」

「はーい、わかりました」

まるでスターとマネージャーの様な二人の会話とオーラに圧倒されて全員沈黙。

「ちょっと男子、メイクするって言ったでしょ！　出てって」

ユキの気迫に即刻退散する男達。十分後入室許可、ユキの渾身のメイクに大河達の知らない彩矢がいた、近づき難い眩しさを感じる程に。

「楓ちゃん」

振り返ると光がいた。

「どうした、光？」

腰を折り目線を合わせる。

「あのね、楓ちゃんが上手に弾けるように光のお守り貸してあげる」

ポーチから大事そうに取り出したのはピンクのハンカチ。

「パパがクリスマスにくれたの」

光を抱きしめる楓、

「光、あんたはいつもあたしに勇気をくれる、ありがとう」

立ち上がった楓、その瞳には奢りも怯えも高ぶりもない、

「大河」

「何だ？」

「ありがとう、お陰で吹っ切れた、あの言葉染みたよ、堕ちたらまた上がればいいんだって最後に言ってくれないかな、お前ならきっと出来るって」

「ああ行って来い、大丈夫だ、お前ならきっと出来る、そしてこれを乗り越えられたらお前の居るべき場所に戻れ」

「わかってた、大河ならきっとそう言うだろうなって」

二人、顔を見合わせ微笑む。

「でもこれで百%だ、行ってくる」

大河達もスタジアムに入る、秋山の計らいで前列に陣取れた。ステージ脇で腕を組んで出番に備える楓。ピアニストとしての楓からは想像もつかない待遇、女王、姫と呼ばれひとりピア

ノを弾いていた、でも今は違う、皆で紡いだ糸にしっかり絡んでいるのが心地よかった。

ステージでリーダーが叫ぶ、

「いよいよラストだ、曲はDEEP　PURPLE『BURN』、俺達が乗り越えなきゃいけない永遠のナンバーだ」

一万人が叫ぶ。

「ところがキーボードがへまやって怪我をした、だから……」

失望と罵声のブーイング、地を揺らす足踏みにスタジアムが大きく揺れる。

「馬っ鹿野郎、話は最後まで聞け！」

一万の観客が鎮まっていく。

「いたんだよ、どういう経緯かは知らねえが女神が目の前に」

ブーイングが歓声に変わり始めた。

「彼女に聞いた、何故あんたがここにいるのかって、そしたらこう言った、成り行きだって、でも俺達は思ったんだ、これは奇跡だって、なあ今回は異種格闘技戦だ」

リーダー、ステージ脇で備えている楓を横目で見て、

「皆、手拍子で迎えてくれ、ピアノ界の若き女王、彩矢！」

観客のボルテージは最高潮。

手拍子に迎えられステージ中央に立つ楓、観客を見渡し歓声に応え笑みを浮かべて左手を天

に突き上げる。

「あ！」

光が気付いた。

「ママ、見て楓ちゃん」

突き上げたその腕にしっかり巻かれた楓と光の勇気の証、ピンクのハンカチ。

リーダーが叫ぶ、

「そろそろいくぜ、彩矢！　俺たちに付いてこれるかい」

「誰に言ってんだよ」

「さすが女王様、頼もしいね、行くぜ！　『BURN』」

重低音のギターソロが走り出す、追うようにドラム、ベース、キーボードが重なり合い、そしてそのすべてを喰い尽くそうとボーカルが叫ぶ、観客はタテノリでスタジアムを揺らす。

「ユキさん、楓の出番は？」

曲の流れが判らない大河。

「次、ギターソロがあって少しギターと絡む、ワンコーラス、サビ、そして楓のソロだよ」

ギターソロが始まった、目にも止まらない速弾き、そして口元に笑みをうかべながら一歩一歩楓に近づいていく。ギターとキーボードが絡み合い楓もその挑発に笑顔で呼応する。

まるでずっと一緒にやって来たかのように見事なハーモニーを奏でる二人の親密な関係に、

ボーカルが嫉妬する様に割って入ってくる。

「大河さん、このフレーズが終わったら楓のソロパートだよ」

ユキは祈る様に両手を組んでいる。

見渡すと、ケン、三羽烏、拳を突き上げ叫んでいる、

「楓さーん、最高っス」

心配げに見守る大河達を袖に楓ノリノリでバックコーラスまでこなしている、歌が終わりいよいよ最高難度、怒涛のソロパート。

その刹那、一瞬左手を開き語りかける、

「ありがとう大河、ユキ、みんないくよ!」

そしてそれは始まった……。

美しい旋律と流れる様な速弾き、二つが交錯する楓の世界に一万人がのめりこんでいく、バンドのメンバーさえも見とれている。

しかし楓は不思議な感覚に包み込まれていた、『何だろう、これ』指が勝手に鍵盤の上を躍る様に動いている、頭の中は、違う想いが駆け巡っていた、クリスマスイブから、今日までの様々な出来事や色んな人との出会いと関わり、鼻の奥が熱くなり涙が溢れて止まらない、しかしそれを拭う手を持たない楓は弾き続ける。その姿がオーロラビジョンに映し出されると一万人の歓声、泣き声ともつかない声がスタジアムの夜空を飛び交う。

曲が終わった。観客はアンコールではなく彩矢の名を叫び続けている、光も楓の名を大きな声で呼んでいる。

「ママ、あたしピアノやる、楓ちゃんみたいになりたい」

美輪、涙で濡れた笑顔で頷く、この幼い少女が天才ピアニストとして世界を席巻するのは更に十数年後の話。

アンコールが終わりステージを降りる楓をバンドリーダーが呼び止める。

「彩矢さん、最高だったよ、逝っちゃいそうだったぜ」

そう言うと束になった万札を渡す。

「彩矢でいいよ、で何これ、ギャラ?」

「ああ当然の報酬だ、これじゃあ少ないぐらいだ」

楓、鼻で笑いながら金を返す。

「要らない、完璧じゃなかったし、でもスゲー楽しかった、ありがとう、穴だらけのお兄さん」

「彩矢、こっち側に来いよ、俺達と一緒にロックをやらないか、明日からでも世界へ行ける」

「やだね、あたしは今までも明日からもピアニストだ」

この夜のライブはネットを通じて全世界に配信され伝説となり、止まっていた彩矢の時間が動き始める。

スタジアム内の個室に戻った楓を全員が拍手で迎える。

「やめてよ、恥ずかしいよ」

ケンと三羽烏が揃って深々と頭を下げ右手を差し出す、

「一生分感動しました、体が震えて止まりませんでした、握手して下さいお願いします」

「やだよ、なんだよケンまで」

ケンは部屋の窓から見渡せるスタジアムを見ながら涙ぐみ、

「ついさっきまであそこで一万人を絶叫させた人がここにいるなんて夢みたいっス」

大河、笑いながら楓の肩を叩き、

「いいじゃないか握手ぐらい、本当に今日は頑張ってくれたし」

「わかったよ、はい握手」

楓が差し出す右手と四人順に握手していく、何故か最後に尾花。

「何だよ、あんたまで」

「いやー『コンチェルト』で、俺だけの為にピアノ弾いてくれたと思うと感動してね」

「なんだよ、売り飛ばそうとしたくせに」

「あたた、その話はもう勘弁してくれ」

やり込められる尾花を見て全員大爆笑、しかし次の瞬間崩れる様に倒れこむ楓、大河がすかさず抱き起こす。

「大河あたし疲れた、今日はもう駄目だ、ガス欠だ、帰りたい」

祝勝会と送別会は後日、源造の快気祝いを兼ねてとなり本日は解散。


いつもの川沿いの帰り道、眠っている楓を背負って歩く大河。

「大河」

楓が目覚めた、声はか細い。

「いいよ、このまま寝てろ」

「うん温かいな、大河の背中」

楓、少し嬉しい。

「楓？」

「何？」

「心拍数が上がって来たな、大丈夫か」

「どうして」

「胸が薄いから振動が伝わるんだよ」

「何だよ、スレンダーって言えよ、もういい降ろせ、加齢臭がきついんだよオヤジ」

「え、マジかよ……」

「楓、大丈夫か」

「冗談だよ、もう大丈夫、少し寝たらスッキリした、ありがとう」

三月の優しく冷たい風が二人にそよぐ。

「ねえ、ちょっと座りたい」

「ああコーヒー飲むか？」

大河が自販機でコーヒーを買ってきて手渡す、

「あったかくて美味しい、今日は長い長い一日だったね」

「ああ、楓はバトルやってライブだもんな、疲れたろ」

「うん、でも好きでやったんだから楽しかった、大河、あの時わざとあたしを挑発したよね」

大河は黙って微笑んでいる。

「どうだった？　あたしのライブ」

「凄くカッコよかったよ、まるで別の世界の人みたいだった」

楓がそっと大河の手に手を重ねる、

「ここにいるじゃん」

大河も優しく握り返す、優しい沈黙が二人を包み込み淡い雪が降って来た。

「あ、雪だ」

「寒いと思ったらなごり雪だ、帰ろうか」

「もう少しこのままで……綺麗だね、そう言えば覚えてる？　あのイブの夜も降ってたね」

「ああ、あの屋上だろ」

楓、空を見上げてささやくようにつぶやく、

「あれがすべての始まりだったんだ」

「楓、これからどうするんだ？」

「そっかあたし、無職なんだ、明日事務所に行ってみる、多分クビだろうけど、ケジメだから」

「戻りたいんだろ、ピアニストに」

楓、黙って頷く、

「そう言えば話って何だよ、ピアノのことだろ、それならもうわかったからいいよ、寒くなってきたな、帰ろうか」

大河が立ち上がろうとするが楓は握った手を離さない。いきなり大河の唇に唇を重ねる楓。

驚き固まる大河、けれど空いてる左手で楓を強く抱きしめる。

時間が止まる、淡い雪が静かに優しく降り注ぐ。

「大好きだよ、大河」

六、LONG GOOD-BYE

翌日、楓は昼迄爆睡、店に下りると大河が何かやっている、

「おはよう、何してるの？」

昨夜のことが頭に残ってて大河の顔がまともに見られない。

「おはよう、仕込みのチェックと掃除も少しやっとこうと思って、よく寝てたな、飯は？」

「喰う、腹減った！」

昨夜のことは食欲にかき散らされた。

「お前さ、女なんだから、喰うとか腹減ったとか言うのやめろよ」

「は〜い、で、今日は何？」

「今日のメニューはオム炒飯だ」

炒飯の上に木の葉状のオムレツ、それを切り開くと半熟卵が流れ出しやさしく飯を包み込む。

「いっただきまーす」

大口あけて頬張る楓、

「お前、本当に旨そうに喰うよな」

「だって美味しいんだもん、でも」

悲しそうに顔を曇らせる楓。

「ん、どうした？」

「大河と離れ離れになるんだ、三カ月近く朝も昼も夜も一緒にだったからさ」

「変わらないよ、同じ屋根の下が空の下になるだけだ」

楓、食器を片付けながら、

「どうしよう、あたしのメシ、じゃなくてご飯」

「お前の心配はそっちか」

着替えて出かける楓。

「大河、七時には戻るからさ、何か美味しい物食べに行こうよ、優勝賞品でさ」

「あれは駄目だ、まず源さんに渡してそれからだ」

「えーそうなんだ、まあそうだよね、マズったなあ、やっぱあれ貰っときゃよかった」

昨日ギャラを返したことを後悔する楓。

「ああわかった、七時な」

「その時に聞かせて、昨日の答え」

大河、黙ってうなずく。

「じゃあ、いってくるね」

大河、掃除を再開、テレビをつけると、ワイドショーから昨夜のライブが流れている。

『女王、涙の復活』『ミュージシャンに転身か？』様々な局が好意的に取り上げてくれていた。

ユキの発表会の時の映像なども流れ、失踪期間のことなど取り上げるコメンテーターもいた、
改めて彩矢の存在の大きさに気付く大河。

「やっぱり答えはそれしかないか」

その時携帯が鳴った、ユキからの着信。

渋谷にやって来た楓は所属していた事務所の前を行ったり来たり、勝手に飛び出して行った後ろめたさで中に入りづらい。

「ちょっとあんた、何か用？」

ガードマンに呼び止められる。

「別に用って程のものはござんせん」

「じゃあ帰りなさい、あなたそんなに若くないし芸能界は厳しいよ、ウロウロされると迷惑だ」

「なんだと！」

ガードマンと押し問答をしていると受付の女性と目が合った。

ガラスドアが開き受付嬢が飛び出してきた、

「彩矢さん！」

受付嬢は今にも泣き出しそうな顔で楓の腕を強く掴み、もう一人の女性に叫ぶ、

「全館に緊急業務連絡、彩矢さんが戻りましたって、急いで！」

あっという間に、ロビーには人だかりが出来ていた、皆が笑顔で口々に『お帰りなさい』、勝手に飛び出していった自分をこれ程温かく迎えてくれるとは思っていなかった。

「みんな御免なさい、そしてありがとう」

歯を食いしばって涙を堪える楓に全員一斉に拍手。

黒田が出て来た、厳しい表情で楓を応接室に連れて行く。

「三カ月、何をやってた？」

「ラーメン屋さんで働いてた」

「冗談は抜きにして、手は、ピアノは？」

「多分大丈夫、でもピアノは二、三回遊びで弾いただけ」

黒田、大きく溜め息、

「ちょっとこっちに来てくれ」

グランドピアノが置いてあるスタジオに二人で入る、

「何か弾いてみろ」

「今？　いいよ」

楓はユキの発表会の時の曲を弾き始める、黒田は目を閉じて聴いている、大きく小さく寄せては返す波の様な抑揚と囁きかける様なタッチ、曲が終わりゆっくり目を開けた黒田、

「本当にこの三カ月、何をやってた？」

「だから言ったじゃん、ラーメン屋だって」

驚き呆れかえる黒田。

「でもね、そこで色んなことを教えてもらったよ、人の心の温かさや思いやり、悔しさや悲し

み、泣いたり笑ったり怒ったりマジで忙しい三カ月だった」

「それでか、はっきり言って今の君のピアノはガタガタだ、テンポバランス、指運び、すべてが悪い、昨夜のライブもごまかしだ」

やはり彼の耳は誤魔化せない、辛辣だが的確に言い当てる、わかってはいたがそこまで言われるとさすがにショックだった、精一杯弾いてはみたがこれで今の自分の位置がはっきりわかった。だが堕ちたらまた上がればいい、気持ちは折れていない、そう自分に言い聞かせていたら、いきなり黒田が立ち上がりインターホンを取って叫んだ、

「今から緊急会議だ、彩矢復活プロジェクトチームを作る、関係者を集めてくれ」

楓、受話器を置いた黒田に尋ねる、

「どういうこと？」

「光が見えたんだ君の中に、前は見えなかったが僕の理想とするピアニストの姿だ」

楓は前にユキに似たようなことを言われたのを思い出していた。

「ただし猛特訓だぞ、技術は練習で取り戻すしかない、半年以上のブランクを取り戻すには三倍、いや十倍の練習だ」

「はい、やる、やります」

楓、黒田に深く頭を下げ、

「勝手ばかり言って申し訳ないけど、あたしこれからはマジ命がけでピアノやるから、でもそ

の為にどうしても欲しいものが一つだけあります、お願いします」

事務所を出ると薄暗い夕暮れ時、ティファニーで大河とお揃いの紺のマフラーを買った。生まれて初めてのプレゼント、従業員の、『贈り物ですか』と言う言葉に嬉しく照れた。

「元」に戻る途中、おみやげで買ったケーキを差し入れに「コンチェルト」に立ち寄る楓、ケンがいた、何故か楓と目を合わせない、

「なんだよ、ケン元気ないな、昨日のあれで疲れたんだ」

ケンは何も答えない、空気が何となく重い。

「楓あのね」

「何よ、そう言えばあたしまたピアノやれることになったんだ、暫くは猛特訓だけど」

「そう、良かったね」

優しく微笑むユキ、どことなく憂いを漂わせている。

「これ差し入れ、ここのケーキ美味しいんだよ、じゃあね七時から大河とご飯いくんだ」

「待って、楓！」

立ち上がり出ていこうとする楓をユキが強く呼び止める。ケンが頭を抱えた。

「何だよ、大きな声出して？」

「大河さんならいないよ」

「え、どういうこと?」

「私、今日昼間大河さんに電話したの、彼にあることをお願いしようと思って」

話は少しさかのぼる、午後三時頃、大河がユキの元へやってきた。

「ユキさん、昨日はありがとうございました」

「いえ大したことはしてませんよ、それで話というのが……」

「言いにくい話なんでしょう」

ユキ、黙ってうなずく。

「先に俺の話を聞いてくれませんか、恐らくユキさんが思っていることと俺の決めたことは多分同じだと思います」

「大河さん……」

「貴方はあいつの親友だし、ピアニストとしての楓を大切に思ってるのもわかります」

ユキの瞳が潤んでいく。

「ユキさん、少し向こうをむいてもらえますか」

「はい」

ユキ、大河に背を向けた。

「結論から言います、俺この街を出ます、楓ともう会いません」

ユキの肩が大きく震えた。

「今日テレビ見てたら楓の事が流れていました、失踪期間どこで何をしてたのかとか、あれ程の有名人とは俺全く知らなくて」

ユキが懸念しているのもそこだった、いつかきっとマスコミは大河にたどり着く。

「それに聞いちゃったんです、この前そこで二人が話してるのを。イブに救われたのは俺だけだったんだって、無茶苦茶なようでいつもあいつは助けてくれた、もう自分にしてやれるのはこれしかないって……二年前、俺は一番大事な物を守れなかった、だから楓だけはどうしても守りたいんです」

ユキは肩を震わせて泣いている、大河の震える声に想いや辛さが痛い程伝わってくる。

「あいつ、寂しがり屋だから後はお任せします、そちらの話は？」

ユキ、泣きながら首を横に振る。

「じゃあ行きます、お元気で、楓のことお願いします、さよなら」

「大河さん……ありがとう」

バン！　楓は手をカウンターに叩きつける。

「どうして止めてくれなかったんだよ！」

「止められる訳ないじゃない、彼が真剣に考え抜いての答えだし、私も気持ちは同じだから」

「あたしの気持ちはどうなるんだよ」

「今日、テレビでは貴方の失踪期間のこと取り沙汰してた、そして彼らはきっといつか大河さんにたどり着く、彼の触れられたくない過去の傷なんかもほじくりだしてくる、彼らが人を叩く時の強さ、酷さは貴方が一番知ってるんじゃないの？」

「あたしが守る、どんなことをしても絶対に」

「そうだね、そして今度こそ貴方は自分の意志でピアノを捨てる」

「大河を守る為ならそれでもいい」

「馬鹿！」

ユキの平手が楓の頬に飛ぶ、

「大河さんの気持ちがわからないの、どれだけの想いを抱いてあなたの前から消えたのか、一番大事なものを守りたかったのよ」

泣き虫のケンは声を殺して泣いている。

「ごめん、それからこれ預かったよ、あなたに渡してくれって」

手紙とプレゼントのような小さな箱。

包装を開くと革の手袋が入っていた。

「なんだよ、プレゼントならリボン位付けろって、オヤジ」

楓、涙目で手紙を読む、

『楓ありがとう、お前に会えて本当によかった、俺もお前が大好きだ、最初はクソ生意気な女だと思ってたけど、その口の悪さと言葉の強さの裏には溢れる優しさがあったよな、いつも助けられてばかりの俺に出来るのはこれしかないんだ、もう迷わない、だからお前は自分の未来へ突っ走れ、熱く強く高く、お前ならきっと出来る、同じ空の下いつでも見てるから、じゃあな』

楓はその手紙を胸に抱く、

「なんだよ、一人ぼっちの未来なんていらない」

「楓、わかって」

ユキも涙ぐんでいる。

「もういい、みんな大嫌い」

駆け出す楓、入り口で尾花と鉢合わせる。

「あれどうしたの、楓さん？」

「どいて！」

飛び出していく楓。

「ケン、追って」

ユキに事情を聴いた尾花がぽつりとつぶやいた、

「まさにカサブランカだなあ」

飛び出した楓を距離を保ちながらケンが追いかける、それに気付いた楓、立ち止まり振り返る。

「ケン、付いてくるな！」

「でも」

「お願いだから一人にして」

ケンは追うのをやめた、川沿いの昨夜のベンチ、座り込む楓。

「おえっおえっ、何だよ一人で格好つけやがって馬鹿野郎」

むせながらも涙が止まらない、楓が夜空に叫ぶ、

「おえっ、モヤモヤしたら誰に悪口言うんだよ、あたしの飯は誰が作ってくれるんだよ、あたしがあたしでいられたのは大河がいたからだよ、おえっ」

植え込みの陰で見守っているケンも涙が止まらない、澄み切った夜空に今日もオリオン座が煌めいている。


翌日、源造が退院してきた、顔色もよくすっかり元気になっている、祝勝会、楓の送別会、快気祝いは「コンチェルト」でやることになった、バトルを手伝ってくれた全員が集まってくれた、ただ一人大河を除いて。優勝賞品で所狭しと色々なケータリングの料理がテーブルに並んでいる、源造の挨拶、それから今週から美輪が「元」でバイトすることに、盛大に乾杯したものの空気が重い、いつもなら大喜びで喰いまくる楓が箸を付けようともしない。

気持ちを察してかユキもケンも声を掛けずにいる。

楓はみんなの輪に入らず一人カウンターでワインだけを飲んでいた、源造が楓の隣に座る。

「ゴメンね源さん、折角のお祝いなのに気持ちが晴れなくて」

「いいんだよ、わかってるから、昨日大河から全部聞いてる、美輪のこともわしの体調を気遣ってあいつが頼んでくれたんだ」

「そうなんだ」

ワインを一気に飲み干す楓、ユキは黙ってグラスに注ぐ。

「楓、きっといつかまた会える」

源造の言葉にうつむいていた楓が顔を上げた。

「お前たちは恐ろしい位の偶然の中で巡り会って沢山の人達を助けて来た、そんな人を神様は見捨てない、今迄わしが言ったこと外れたことあるか？」

「ない、ない、ない、ない」

我慢してた思いが瞳から溢れ出す。

「一生懸命前を見て生きてりゃあ、またいつか一つに繋がるから、な、お前らしく前を向け」

「うん、うん、うん」

黙って聞いていたユキも涙目で微笑む、楓、両手を突き上げ涙を拭う。

「そうだね、あたし達生きてるんだ、終わりじゃない、そうとなったら腹減った、喰うよ、ありがと源さん」

「楓、これきっと置いて行ったんだ、忘れていったんじゃない」

源造から渡された袋の中を覗く楓、

「あ、これ……」

「だろ」

「うん、そうだね」

楓が輪の中に入り爆喰いを始めるとやっと皆心から優しい笑顔が溢れた、早速尾花が笑顔で楓の傍に擦り寄り、

「じゃあいつもの様に一曲頼みます」

「えー今喰い始めたのに」

すかさずユキが楽譜本を持ってきた、

「いいじゃない楓、今日は楽しいパーティーなんだから美味しい物といい音楽、最高の仲間に贈ってあげたら」

その言葉に笑顔で頷く楓、実はさっきから指が熱かった、怪我をして再起不能と言われ全てに絶望した事がここに繋がっているのなら、今やっと意味があることだったんだと心から思えた。

「ユキ、この曲弾きたいんだけど唄ってくれる」

照れくさそうに譜面を出す楓、優しい微笑みを返すユキ。

「これね、今の貴方の心絵でしょう」

「ユキ、和訳もわかるの？」

「うん、私英検一級だもん、余裕だよ」

「スゲー」

周りの皆は何が飛び出してくるのか期待で胸パンパン、楓は鍵盤に指を落とし弾き始める、誰もが知っているイントロが奏でられる。

その曲はビートルズの『レットイットビー』。どんなに暗い闇の中にいても光はきっとある、愛する人と今は離れ離れになってもいつかきっと会える、あるがままに生きていこう、未来は開けていく。ユキの優しく力強い歌声に扇動され皆立ち上がりサビの処は全員で大合唱。


打ち上げの帰り道、川沿いの道を歩いていく楓とユキ。

三日月がくっきりと出ている。

「ねえ、ユキにお願いがあるんだけど二つ」

「いいよ」

「まだ何も言ってないんだけど」

「どうせ貴方、言ったたって聞かないでしょ」

楓の顔が綻ぶ、

「一つ目は光をユキに託したい」

「いいの？　貴方超えられちゃうかもよ」

「かもね、あの子あたしがずっと持ってなかったものを、あの歳ですでに持ってるもん」

「二つ目は？」

「あたしの専属マネージャー、曲のアレンジや構成なんかも含めて」

ユキ大きく息を吐いた。

「大仕事だね」

「ユキは店もあるしね」

「いいよ、ピアノ教室は今いる生徒や光の為にも続けるけどお店はやめる、中途半端な覚悟じゃできない、でもそうするなら私にも譲れない条件が一つだけある」

「？」

「いつか連れてって、貴方と一緒に世界へ、私なんかじゃ到底たどり着けない夢の頂に」

「いいよ、世界でも月でも。だけど連れて行くんじゃない、二人で目指そう、てっぺんを」

二人微笑みながら空を見上げた。


猛特訓が始まった、三カ月間、朝から晩までピアノと向き合う日々、並行してニューアルバムの準備と超多忙な毎日だった。黒田とユキ、楓にとっては最強の觔斗雲と如意棒を手にして、ニューアルバム、『フェニックス』をリリース、それを引っ提げての全国ツアーも大成功、瞬く間に日本のトップに返り咲いた。

そしてあの伝説となったライブを見た国内外のミュージシャンからの数々のオファーをアーティスト『楓』としてこなしていく。
そして一年の時が過ぎた。

第一部　完

第二部

一

成田空港、夜ロサンゼルスから戻った楓とユキ。

「はぁ～、やっと帰って来たよ、ユキあんたさあ仕事詰めすぎだよ、一カ月もアメリカなんて長すぎ、夏休み全然なかったし、飯はハンバーガーばっかだし、寿司と蕎麦が喰いてえ」

「ツアー五本、ゲストステージ八本だけじゃない、貴方出無精だから一気にやらないと」

「今のあたしの夢はひなびた温泉にいって、そこの演芸場でお年寄り相手にチャンチャンと演歌でも弾いて美味いもの喰う事だよ」

「馬鹿言わないで、描いた夢はもうすぐ叶う、行こう一緒に」

天賦の才、ユキのマネージャーとしての能力は桁外れだった。

大きな出演交渉を幾つもまとめる傍らで、アルバム、ツアーの構成、アレンジなど、三面六臂の働きで、今や業界一の敏腕マネージャーとして誰もが一目置く存在になっていた。

そのお陰で楓はピアノだけに集中する事が出来た、無敵の二人が進む光の道はもうすぐそこに世界が見えていた、はずだった。

迎えの車が来ていた、運転手はサブマネージャーの本田、多忙なユキのサポート役。

「お疲れ様です、ツアー、大盛況だったみたいですね、黒田さん喜んでましたよ」

「バキバキこき使われて疲れたよ」

二人と荷物を積んで空港を後にする。

「どうします、直帰しますか？」

超多忙な二人は事務所近くのマンションに個別に住んでいた。

「ユキ、何か食べようよ、お腹空いた」

「いいけど、何が食べたいの？」

午後十時、都内に戻った。

「彩矢さん、どこへ行きますか？」

「今日はやっぱり寿司かなあ、ワインと」

やっと少し笑顔が出た楓、しかしこの時間でも都内は渋滞で車が進まない、信号待ちしていると本田が左手側を指し、

「彩矢さんこのラーメン屋、二週間程前にオープンしたんですよ」

「ラーメンはいいよ、あたし食べないから」

「昼間なんか凄い行列で、でも本店は何故かオーストラリアにあるらしいですよ」

「本田、うるさい」

ユキが楓を気遣い本田を諫める。

「すいません」

「いいよユキ、本田に悪気はないから」

ユキはずっと気になっていることがある、大河がいなくなってから楓は毒舌がなりを潜めてすっかり優しくなっていた、一緒に食事に行っても一度もラーメンを食べた事がない。

楓が窓を開けて看板を眺めポツリと呟いた、

「外国人に旨いラーメンが作れるのかな」

店の名は、『三元』、九月の蒸し暑い風がダクトから出てくる優しい匂いと記憶を運んできた、楓の動きが止まる、鼻をクンクンさせたかと思うと車から飛び出して行った。

「楓！」

楓、ダクトの下に立ち瞳を閉じ深呼吸、何かを感じたユキ、

「本田、どこかその辺で待ってて」

ユキは傍で黙って見ている。楓の閉じた瞳から涙が溢れだす、

「あいつ！」

次の瞬間、楓は店内に飛び込んでいった、一目散に厨房へ、慌ててユキも後を追う。

「大河！」

店長らしい男が振り返る、外国人だった、

「ＷＨＡＴ！　ナンデスカ」

「大河はどこ？」

「タイガーハ、ＺＯＯデショウ、ウチハラーメンヤデス」

「楓やめて、明日私が聞いてあげるから、彼らは仕事中なのよ」

ユキ、無理矢理楓を車に連れ戻した。

「どうしたの？　いきなり」

楓が優しく微笑み、

「自分の子供を間違える親はいないよ」


翌日事務所へやって来た楓、アメリカツアーの成功を賞賛するスタッフたちを尻目にユキのオフィスへ、

「どうだった？　何かわかった？」

楓が目をキラキラさせてユキに尋ねる。

「わかんなかった、三十分も並んで食べたのに、ネットで調べても何も出てこない」

本当は紫外線を怖がるユキの代わりに並んだのは本田だった。

「オーストラリアから来ているのは、店長と料理長だけであとは全部こっちの日本人」

がっくりと肩を落とす楓。

「でも一つだけわかったことがあるわよ、そっくりだった、『元』のラーメンに味や見た目が、美味しかったよとっても」

楓、黙ってうなずく、ツアーから戻った楓が来ていると聞きつけて黒田がやって来た。

「お帰り、ツアー大盛況だったんだって、でも明日まで休みだろ、どうした？」

「昔、お世話になった人の消息が知りたくてユキに相談してたんだけど今度でいいや」

「そうか、それで何かわかったのか？」

「ううん、わかんなかった……」

「それなら聞いてやろうか、僕の後輩で中村っていうのが検事をやめてこの近くで個人事務所やってるから」

楓は大河のことを黒田には話してないので頼みづらい。空気を察したユキが間に入る、

「黒田さん、そこってこの前契約違反の事で行った所ですか？」

「ああ、そうそう」

「私、外出するから連れて行ってあげるよ」

事務所から出た楓がユキに尋ねる、

「ユキは反対じゃないの？」

「私の立場としては、もろ手を上げてとは言えないけどもう一年半も経ってるしね、それに」

「何？」

「いや何でもない」

ユキは大河といた頃の天真爛漫な楓が好きだった、よく笑いよく泣いて優しさを隠す様に毒舌を吐き、それがピアノにも如実に表れていた、あの頃の弾む様な軽やかさが今の楓にはない。

「ここよ、私も付き合ってあげるから」

「うんありがとうユキ、頼りになるねえ」

雑居ビル二階の小さなオフィス、ドアに、『中村弁護士事務所』とあり、中に入るとスポーツ刈りの青年がいた、既に黒田から連絡が入っていた、ユキがてきぱきと説明していく。

「要するにこの工藤大河さんを捜せばいいんですね、オーストラリアにいるかもしれないと？」

楓、動悸が高鳴ってきた、

「ねえ本当に見つかるかな」

「それはお答えしかねますが、オーストラリアの店にいればわかるかもしれません、実際働いていてもビザのことなんかで名前をあげない人もいますし、それはこっちでなんとかやります」

「お願いします」

楓、普段はほとんど下げない頭を下げる。

「それとこの紙に家族の名前、携帯番号、メアド、知ってることを全て書いてください」

「家族は交通事故で母子ともに亡くなったって聞いたけど」

「それでもいいです、何かの手掛かりになるかもしれませんから」

ユキが窺うように尋ねる。

「このことは、黒田さんには……」

中村、楓の書いたメモを手帳に挟み、

「仕事の依頼と考えていいんですね」

「よろしくお願いします」

「それなら大丈夫です、僕らには守秘義務がありますから、二、三日時間を下さい」

通りに出た二人、まだ太陽が強い、

「ねえユキ、あいつ見つかるかな」

「わからないよ、でも正式に依頼したんだし、それなりの答えは持ってくるんじゃない」

「そうだね、じゃあ飲みに行こう」

「え、まだ五時だよ、ガンガン明るいし」

残暑の日差しが二人を強く照り付ける。

「もう五時だよ、いいよじゃあ一人で彷徨うからね、そして誰かに売り飛ばされちゃうかも」

「楓！」

「いいじゃん、今日は成り行きで」

成り行き、その言葉を聞いたのはあのライブ以来だった、ユキは胸が詰まった、そこにいるのは我がままで自分勝手で人の話を聞かないあの頃の楓。

「ユキ行こうよ、あんたがいなけりゃここ迄これなかった、感謝してる、でも今日だけ付き合ってよ、明日からいい子になるからさ」

「馬鹿、貴方はいい子になんてならなくていいよ、わかっててここにいるんだから」

「ユキ、大好き」


二日後、中村から連絡が来た、ユキと二人で事務所へやって来た。

中村、笑顔で二人を出迎える。その笑顔に期待感が高まっていく。

「結論から言うと工藤さんオーストラリアにいます、大使館の知人に調べてもらいました」

楓、思いっきり顔が綻ぶ、話によると大河は去年バトル後の三月、シドニーに渡り、パスタチェーン店『エーゲ』本店に入店、そのひと月後、大河の進言により本店をラーメン専門店『三元』として、リニューアルオープン、瞬く間に大盛況、その後市内十店舗をすべてラーメン専門店に変え、東京進出の運びとなったらしい。

「凄い、あいつ大出世じゃん」

大喜びする楓、ユキは複雑な笑顔。

中村は二人の表情を見比べ、

「工藤さん、現地ではかなりの有名人です」

ちなみに計画では日本でも二年で十店舗出店を予定していて、日本法人の代表も大河が務め

るらしいとの事。ユキが不思議そうに尋ねる、

「それだけ有名人なら、何故ネットに出てこなかったんだろう」

「それは……」

中村は楓が自分を見据える瞳が気になる。

「工藤さん結婚して名前が変わっています、ドナルド大河、これが現地名です」

『ドナルド！』

事務所を出た二人、楓は一言も喋らない。

見かねたユキが声を掛ける、

「でもよかったじゃない、大河さんも出世して幸せみたいだし、肩の荷が下りたね、貴方も」

うつむいたまま楓が呟いた、

「今日隕石が降ってきて地球が滅びないかな」


中村は二人を見送った後、何か胸のつかえを感じていた。

楓の書いたメモを見ながら、

「工藤大河、優子、海、カイ、交通事故で死亡、なんだっけな」

立ち上がりパソコンに何か打ち込んだ、

「あ、ビンゴ！」

翌日、ユキが外出先から戻ると黒田が駆け寄って来た。

「ユキさん、あいつどうなっているんだ」

「え、なんです？」

昨日の今日で粗方の想像はついていた。

「スタジオにいるんだが、さっきなんか何を弾いてたと思う」

「？」

「蛍の光だよ、来週からツアーも始まるというのにこんな調子でいけるのか？」

「すいません、今日は上がりでいいですか？　少し話してみます」

事務所ビルの横にあるコーヒーショップ。

「楓、気持ちはわかるけどそれをピアノにぶつけるのはやめて、貴方のマネージャーとしても、元ピアニストとしても絶対に許せない」

「わかってるよ、懸命に自分に言い聞かせているけど心がまとまらないんだ」

「ツアーまで一週間ないんだよ、あんな音、楽しみにしているファンに聴かせるつもり？」

楓は答えない、ユキはコーヒーを飲み干して、

「いい加減な事続けるつもりなら、このツアーが終わったらマネージャー降りる、貴方は成り行きって思ってるかもしれないけど、私はこの出会いは運命だと思ってた」

実際ユキの元へは好条件でヘッドハンティングの話が数多く来ていた、そのことは楓も知っ

ている、でもユキはあの日楓と交わした約束をまっとうしたかった。

「ユキ、ごめん」

「これ以上は私の心が持たない、さよなら」

一人残された楓、

「わかってるよ、わかってるんだけど」

その時、中村からメールが入った。


「なあに話って」

中村の事務所に来た楓、どことなく投げやり、

「お受けした仕事に関しては終わりましたが、もう少し続きがあるんです、しかもかなりやややこしそうな」

「？」

「優子さんと海君は工藤さんと離婚された後、岡田真一という男と再婚して二人は交通事故で亡くなられたということですよね」

中村が検事だった頃担当した事件で、不自然な事ばかりが際立っていたらしい、入籍後すぐに二人に一億円ずつの生命保険、程なくして三人で家族旅行での事故、温泉に行く途中、雪の降るなか細い山道を登り山の頂上についた三人。

急に岡田は具合が悪いと言い出し、ロープウェイで一人下山、車を託された優子、仕方なく海と下る途中で土手から川に落ちた、ブレーキホースに傷がついていてそれが原因らしかった、しかし確かな物証もなく保険金がらみの事故とは立証できず不起訴になった。

「ねえ、話が長い」

楓は黙って聞いていたがくたびれてきた、しかも岡田の名を聞くのも初めてだった。

「何故あたしを呼んだの？」

「わかりません自分でも何故だか、弁護士としてはあるまじき行為です、でも貴方と話せば真実が見える様な気がしたんです」

「何、それ」

「ひょっとして海君が生きているかもという、僅かな望みです」

「まさか！」

「差し出がましいと思ったんですが勝手に動いてしまいました」

最近、遺体が見つからなかった海の死亡届が受理され岡田に更なる保険金が支払われていた。

「それで？」

中村は昨夜、大河と離婚した後、海が慕っていたリトルリーグの監督近藤と電話で交わした会話が心に引っかかっていた。

「近藤さんに海君の死亡届の事を伝えると彼はこう言ったんです、『何故だ、海はまだ』と、電話はそこで切られましたが」

楓が顔を上げた、その瞳には強い光が、

「遺体が見つかってないとしても、もう事故から二年以上の時間が過ぎています、何故まだと言ったんでしょう、普通ならとっくに心の整理がついているはずです」

「あんたはどう思ってるの？」

「元検事としてのカンですが、海くんがどこかで生きていて近藤さんは何かを知っているんじゃないかと」

「わかった、僅かでも可能性があるならとことん調べて、正式に依頼するよ」

「ただ貴方にはなんのメリットもありませんが、話の流れで楓さんが工藤さんに思いを寄せているのはわかりました、しかし彼は結婚してオーストラリアにいる、それでも？」

楓、大きく深呼吸、

「海が生きているとしたらどうしてるのかな」

「恐らく暗く深い闇の中に」

「だったら迷わない、もしも本当に生きていてくれたら、あたしがこの子を陽の当たる場所に連れていく、海がすべての始まりなんだ、ケジメだよ、あたしにとっても」

中村、楓の言葉に心が震えた。

「わかりました、全力で当たります、ただ少し問題があります」

「ただ何？」

「時間がかかります、僕らの仕事は何をするにしても裁判所などの手続きが必要です、正攻法でいくなら避けては通れません」

「飛び越える方法はないの？」

「弁護士としてこんなこと言っちゃいけないんですが、今回は特別です、裏の世界の人なら」

「わかった、そっちはあたしがなんとかする、あんたには迷惑かけないから」

楓が帰ったあと中村が呟いた、

「あんな人がこの世界にいるんだ」


一時間後、楓は尾花の事務所にやって来た、ドアを開けると相変わらず煙草の煙。

尾花、三羽烏、メンツは揃っていた、突然の楓の来訪に驚く四人。

「皆久しぶりだね、元気そうじゃん」

「どうしました、スターがこんな所へ？」

「尾花さん、あんたに頼みがある、少しややこしい話なんだ」

「そうでしょうね、うちに来るんだから」

楓はバトルの時から尾花のことはある程度信頼していた、そしてすべてを包み隠さず話すと黙って話を聞いていた尾花は煙草に火を点け立ち上がり、

「おいお前ら、この監督さんを調べろ、行きつけの飲食店、好きな酒、家族構成、好きな野球チーム、すべて調べてこい、そしてこの岡田って奴のこともな」

『はい』

三羽烏はいきなり飛び出して行った。

「え、もう」

「楓さんがうちに頼むのは余程のことでしょう、だったら早い方がいい、それが大河さんの息子なら尚更だ」

「さすがだね、これでよろしく」

封筒に入った金を尾花に渡す、

「いりません、これを貰ったらボギーになれない、後で必要経費だけ頂きます」

楓、笑顔で封筒をしまう。

「相変わらずだな、あんた」

「それはこちらのセリフです、楓さん、又誰かの為に」

尾花は頼りにされたのが嬉しくてたまらない。

「でも楓さんはこれ以上関わらない方がいいんじゃないですか、まだ大河さんのことが？」

「大河のことはもういいんだ、あいつオーストラリアで結婚したらしいんだ」

「え、なら何で」

「成り行きだよ、海がもしも生きているなら避けては通れない」

「成り行きでそこまでやる人はいません、俺達はヤクザじゃないがあんたが親分だったら喜んで命捧げます」

「やめてよ、誰も傷ついて欲しくない、でもこれが事実なら、この岡田だけは絶対許さない」


翌日、スタジオでユキを待つ楓、会議を終えてミキサールームに戻って来た彼女にスタジオマイクで呼びかける。

「ユキ、中に入ってきて、聴いてほしいんだ、あたしのピアノ」

楓がピアノを弾き始める、流れる様に軽やかにそのタッチは全盛期を彷彿とさせる、ユキは目を閉じ笑みを浮かべて聴いている。演奏を終えた楓に声を掛けるユキ。

「やれば出来るじゃない、昨日の今日で何があったの？」

「ユキごめん心配かけて、でももう決めたから、大河のことは忘れる、考えても仕方ないし、あいつが幸せならそれでいい」

大河のことは少しずつ気持ちの整理をつけるつもりだったが、今は海のことだけは言わなかった、不確かな話でこれ以上ユキに心労は掛けられない。

「わかった、ツアーに向けて集中しよう、でも忘れないで、私の代わりはいても貴方の代わりはいないんだからね」

ツアー三日前、尾花から連絡が入った。全国ツアーは週二ペースで日本各地を回りひと月続く。

楓、尾花と共に中村の事務所に来た、出会った瞬間睨み合う二人。

「む」

「ぐ」

「何でお前が」

「ここは私の事務所ですが」

楓が割って入る、

「あんた達、知り合い？」

「敵です」

「天敵だ」

昔、法廷でやり合った仲らしい。

「中村さんが言ったんじゃない、こういう人に頼めって」

「何だよこういう人って、この三流検事」

「ちょっとあんた達いい加減にしろよ、何しに来たんだよ！」

楓の怒りに触れ沈黙する二人、尾花がバッグから写真とＳＤカードを取り出し中村に渡す。

「監督さんの財布の中の物の写真と、このカードは携帯のデータのコピーだ」

楓は尾花達の情報収集の速さに驚きつつ、

「ちょっと尾花さん、手荒なことしてないよね、この人は恩人かもしれないんだから」

「承知してます」

三羽烏が監督行きつけの居酒屋で、隣に座り、故郷の福岡ソフトバンクホークスの話をしだすと喰い付いてきたらしい、そして一時間ほどして場が和み、監督がトイレに行った隙にバッグから携帯と財布を拝借、データを抜き取った。

中村がデータに目を通しながら苦笑い、

「成程、それは僕らには出来ない技だ」

楓が帰った後、中村が冷蔵庫から缶ビールを取り出し尾花に渡す、

「尾花さん、今回に限り過去のしがらみは置いといて全面協力といきませんか」

尾花ビールを一気に飲み干すと穏やかな笑みを浮かべ、

「ああ、俺もそう言おうと思ってた」

「楓さん不思議な人ですね、あの人の言葉を聞いていると何故かとても胸が熱くなります」

「ああ、口も行儀も悪いがいつも誰かの為に一生懸命だ、そして必ず幸せを持ってくる、運の強い女だよ」

煙草に火を点ける尾花を横目で見て忌々しそうに仏頂面で棚の奥から灰皿を出す中村、

「事務所は禁煙です、でも今回も最高の結果が出るといいですね」

「同感だ」

ツアー前日、現地入りした楓とユキ、それぞれのポジションの確認に余念がない、午後八時終了、遅い夕食を取りに街に出た。

今日はユキの希望で韓国料理、チャンジャとチヂミを前菜にマッコリで乾杯、締めは参鶏湯。

「あー喰った喰った、ユキ、ナイスチョイスだよ、もう喰えない」

「貴方この頃口が悪いよ、もう吹っ切れたの？　大河さんのこと」

「すべてって言われればそうでもない、忘れたくないこともあるし、でも考えても仕方ないじゃん、それより」

楓は海のことを話すつもりだった、一生懸命支えてくれるユキに隠し事をしたくない、

「あのね、ユキ」

その時楓の携帯が鳴った。

ユキ、怪訝そうに、

「こんな時間に誰から？」

「友達だよ」

急いで店外に出ていく楓、ユキそれがなんとなく気に入らない、

「何よ、友達は私だけって言ったくせに」

電話は中村からだった。

「楓さん、幾つかわかったことがあります、いつこちらへ？」

「三日後かな、帰ったら連絡するよ」

「それまでに何とか答えを出しておきます」

「うん、よろしくね」

夜空を見上げると下弦の月が淡く優しく光を放っている。


東京に戻った楓は事務所が用意してくれた打ち上げを断り中村の事務所へ、階段を上がろうとした時、後ろから声を掛けられた、

「楓」

振り向くとそこにはユキがいた。

「この頃様子がおかしいと思ったら、やっぱり何かあったのね」

「つけて来たんだ？」

「貴方が打ち上げ断るなんておかしいから」

やはりユキには隠し事が出来ない、一部始終を話した。

「気持ちはわかるけど貴方がやることなの、ツアーの真っ最中に自分の立場わかってる？」

「わかってるよ、やるべきことはやってるもん、あたしが出せるものはすべて出してる」

自信満々に言い放つ楓、確かに今が一番いい音色を出していた。

「オーストラリアで幸せにやってる大河さんの為に何故貴方がそこまでする訳？」

「あいつじゃ今すぐ海を救えない、生きているならあたしが助ける、打算じゃ動けないんだ、目の前にある大事なものに心をそむけてあたしはピアノを弾けない」

「わかった勝手にすれば、もう何を言っても無駄みたいね」

ユキの目の前にあの頃の楓がいた、気高く強く心のままに突き進む楓が。もうこうなったら止まらないのもよく知っている。

「とにかくついてきてよ、もう全部話したんだからさ」

「私も？」

「いいから」

事務所に入る二人、中村はユキが一緒にいることに戸惑いを隠せず再度確認をする、

「話してもいいんですか」

「大丈夫、ユキはあたしのたった一人の親友だから」

ユキはマネージャーではなく親友と言われたことが嬉しかった、そして彼女はまた楓に巻き込まれてしまう。

「わかりました、では順を追って」

中村が着目したのは振り込みカードのコピーだった、毎月三万円、事故のあった二年ほど前から近藤の故郷である北九州に振り込まれていた、振込先は『花園児童保護センター』。

表立っては動けない中村の代わりに尾花が役人を名乗り電話をかけてくれた。

ユキ、久しぶりの尾花の名に驚く、

「尾花さんも絡んでるの」

「はい、楓さんの紹介で手伝ってもらいました、普段は僕らとは相反する間柄ですが、あの人一生懸命でしたよ、昔楓さんに借りがあるとか言ってました」

在籍児童の数と名前を確認、勿論そこには海の名前はなかった。

「それで？」

そこで尾花が地元の知り合いに頼んで児童の写真を何枚か撮ってきてもらった。

「不思議なことが、在籍児童は十人、でも送られてきた写真には十一人写っていました」

「十一人！」

楓の瞳が輝く。

「それで楓さんに来てもらいました、確認してください」

「あたしが？」

「はい、貴方しか海君の顔を知っている人はいません」

動揺が隠せない楓、胸の鼓動が治まらない。

「写っていたら？」

「生きているということです」

「写ってなかったら？」

「それは……そういうことです」

中村がタブレットを持ってきた。

「いいですか、心の準備は？」

楓、震えている、

「いやだ！　無理だよ、見せないで」

懇願するように両手を組み顔を伏せる楓、

「海の写真見たのだって、何年も前のをチラっと見ただけだよ、それで生きてる死んでるなんて言われてもとても見られない、やだ」

「しかし、それでは……」

中村も事が事だけに強くは言えない。その時ユキが動いた、

「楓、さっき自分で言ったこと覚えてる？　生きててくれたらあたしが助けるって、もう貴方しかいないいじゃない海を救えるのは」

楓の震えが止まった、大きく息を吐くと顔を上げた。

「見せて……」

中村がタブレットを開きページをめくる。

「話を聞いた限りでは多分この子ではないかと思います」

画像を見た瞬間、大きく見開いた楓の瞳から大粒の涙が溢れ出す。

「いたんだ」

「え！」

ユキと中村もいまにも泣きそう。

「神様っていたんだ……」

そこには確かにいた、あの時と同じ少し小さくなったお気に入りのプロ野球チームのユニフォームを着て写っている坊主頭の海が。

中村がすかさず電話を取り、

「尾花さん……確認できました、海君しっかり生きていました、奇跡は起こりました」

ユキも中村も涙を堪えきれない。

三人が落ち着きを取り戻したころ尾花が近藤を連れて来た、楓と大河の関わりも含め順を追って説明すると、最初は警戒していた彼も目頭を押さえた。

「やっと、やっとこの日が来た、戸籍がないから学校にも行けず二年もの間センターに籠もりっきりでどんなに辛かっただろう」

近藤が海に聞いた話ではこうだった。事故があった時、身を挺して息子を守った瀕死の優子が海に言った最後の言葉『逃げて、岡田から』、その言葉から賢い海は何かを悟ったんだろうと、血の付いた靴を現場に脱ぎ捨て山中を裸足で歩いた、途中新しい靴を買い近藤の所にたどり着いたのは事故から丸一日たってからだった。

それから丸一昼夜眠り続け、意思疎通が出来たのは事故から二日後だった、この時点では多額の保険金のことなど、明らかになっておらず、痛ましい事故として取り上げられ、岡田は悲劇の父親として世間の同情を一身に集めていた。

当初、近藤は警察に連絡するつもりでいたが、目覚めた海の口から告げられたことに困惑する。このままだと、怯え錯乱している海は戸籍上の父親である岡田に引き取られてしまう、優子の今際の際の言葉を知ってしまった近藤は思い悩んだ、そして出した結論が暫く海を幼馴染みが経営するセンターに預け大河を捜すことだった。

大河は海が在籍し近藤が監督をしていたチームの手伝いをよくしてくれていて、互いにプロ野球のファンでよく一緒に酒を飲み野球談議に花を咲かせた仲だった。

実の父親がいればなんとかなると思い捜したがその大河が見つからず、二年の時が過ぎた。

「これがすべてです、私は海に何もしてやれなかった」

楓は涙と鼻水でドロドロの顔で近藤の手を強く握りしめ、

「ありがとう近藤さん、生きていただけで充分です、後はあたしが海を守ります、約束します、あの子を必ず陽の当たる場所へ」

近藤を皆で見送った後作戦会議、尾花が更なる情報を出してきた。

「この岡田、この世界じゃあかなりの評判です、勿論悪い方で。優子さんと再婚した時も麗華という女と付き合ってました」

もと新宿のホストで後にバーを経営、しかしその実態は女をだまして貢がせる悪質な店だった、その麗華も保険金が入ると五反田の風俗に売り飛ばされたらしい。

そしてその保険金を元手に飲食業に転身、大成功を収め今の地位へとのし上がった。

三羽烏がその麗華とコンタクトをとり、情報を持ってきた。

「先生、この女が事故の前後に使っていた携帯を譲ってもらいました、幾つか怪しいメールが入っているそうです、どうぞ」

携帯を受け取る中村、しかしその表情は暗い。

「ご苦労様です、しかし事故から二年、物証もなく証人もいない、あの時限りなくグレーでも立件は見送られた、厳しい戦いです」

中村、楓を正面から見据え、

「そこでもう一つ提案があります、この際岡田は見逃しませんか」

「見逃す、この人殺しを！」

楓が中村を睨みつける、

「お願いします楓さん、話をちゃんと聞いてください、物証も乏しく現場にいなかった岡田を殺人犯として立件起訴するのは恐らく難しいでしょう、そして長い戦いになる、海くんも証人として法廷に立つことになり、勝てる保証もない裁判で、傷だらけの子供が母親の仇かもしれない男と何度も相対することになるのです」

全員に重い沈黙がのしかかる。尾花が顔を上げた、

「そうか、勝っても負けても、海は……」

「彼が生きていた事で多少岡田に傷を負わせることができても、裁判で負ければ海君の受ける心の傷は計り知れません、もう優子さんは帰ってきません、しかし幸いなことに工藤さんがいる、まず海君の生存を証明して、工藤さんとの親子の縁を戻しオーストラリアに連れて行き向こうで生活させます」

楓の目つきが険しくなってきた、

「逃げるってことかよ」

「ぶっちゃけそうです、日本にいれば岡田は成功者としてよくメディアに出てきます、それを海君が見れば生存を証明して普通の生活に戻れても平静ではいられない」

ユキが楓の肩を優しく叩き、

「私もそれがいいと思う、まずは海の幸せを考えるべきじゃない、向こうにいけば家庭もある、しがらみも無くなれば後は時が解決してくれるよ、きっと」

中村、楓に深く頭を下げ、

「すいません、希望を全て叶えられなくて、でもさっき楓さん、近藤さんに言いましたよね『生きていてくれただけで充分』だって。このたった一つ残った希望を我々で守りませんか」

楓、唇を噛み締めたまま頷く。

「わかった、悔しいけどそれが一番だね、もうこれ以上海を傷つけることはできないよ、先生は大河と海の親子のことを急いで、あたしは明日九州に行ってくる」

翌朝、楓はマネージャーに昇格した本田と中村と三人で北九州にやって来た、ユキは更に昇格してチーフマネージャー、本社勤めとなり同行できなかった。

先に近藤に連絡を入れてもらう予定だったが、今日はリトルリーグの会合で連絡が取れず直接向かうことに。

「楓さん、もう気持ちの整理は？」

中村が優しく尋ねる。

「納得はできないよ、できないけど海の気持ち考えたらユキとあんた達の言う通りだよ」

途中、子供たちにケーキを買いセンターへは昼前に着いた。

「本田、近藤さんに連絡は？」

「まだ取れません」

「うわー、ぶっつけ本番緊張するなあ」

「とりあえず園長さんと話を」

「そうだね、本田はここで待っててくれる、近藤さんと連絡取れたらすぐに教えて」

タクシーを降りて中に入る楓と中村。平日なので児童は学校に行っているのか、静かな園内。

その時玄関が開き一人の少年が出て来た、海だった、一メートルの距離で見つめ合う、楓の胸の鼓動が激しくなる。

「え、あの、それが」

近藤から名前を変えて暮らしているのは聞いていたが、肝心なそれを聞くのを忘れていた。

「どちら様ですか?」

その大河そっくりな声を聞いた瞬間、楓の涙腺と理性が壊れた。

駆け寄り海を強く抱きしめる、

「何、何だよ、おばさん」

口の悪さもよく似ている、涙が止まらない。

「生きててくれてありがとう、海」

思わず禁句を叫んでしまった楓、近藤からきっと怯え混乱するから最初は本名で呼ぶなときつく言われていた。海の動きが止まり震えだした、中村も渋い顔で見守っている。

「ごめん、あたしはあんたの味方だよ、楓って言うんだ、大河から預かってた物を届けに来た」

楓が紙袋を海に渡す、あのイブの夜、大河が持っていたプレゼント、楓たちの前から姿を消した日、慌てていたのか忘れていたのか、源造が見つけ退院祝いの時に預かっていた。

「パパから?」

こきざみに震える手で袋を開けると中にはグローブとボール。

海の震えが止まった、

「何だよ、小さいな、これ」

「そうだよ二年前、あんたが死んだって聞いてそれを抱いてあいつ死のうとしたんだ」

「パパが、それで？」

「大丈夫元気でやってるよ、ただ今オーストラリアにいて連絡が取れないからあんたが生きているのはまだ知らない」

「パパ……」

ずっと抑えていた感情を解き放ち海の目からとめどなく涙が溢れ出す、中村も我慢できずに掌で目を押さえている。その時本田がやって来た、

「楓さん、近藤さんと連絡取れました、今すぐここに連絡してくれるそうです、今日行くとは思ってなかったみたいで驚いてました」

時を同じくして中から何人か出て来た。園長に応接室に通され、中村が事情を説明する、子供には聞かせたくない内容もある為、海は外された。

すべての事情を聞いた園長、大きく深呼吸、

「わかりました、私共もずっと心を痛めていました、あまりに海が可哀そうで、でも連れて帰るのは一日待って貰えませんか、二年一緒に過ごした仲間との別れの時間を下さい」

「わかっています、悪いけど中村さんちょっと外してくれる」

中村が席を外すと、楓はバックから分厚い封筒を取り出した。

「これを今日のお別れ会と子供たちの為に使ってください」

園長は金額の多さに戸惑う。

「頂けません、そんなつもりでは」

「わかっています、大変失礼なことだと、でも危険を承知で海を二年もの間守ってくれた、あたしにはこんなことしか出来ないから」

話が終わり外に出ると海が本田、帰園した子達と楽しそうにキャッチボールをしていた。

「楓、帰るの？」

「何だよ、いきなり呼び捨てか、口の悪さも大河そっくりだ」

「お互い様だろ、でもあんた物凄い有名人なんだね」

本田が色々喋ったようだ。

「一つ聞きたいんだけど、パパとどんな関係、恋人？」

楓、返事に詰まる。

「親友だ」

ホテルに戻りユキに連絡、日帰りの予定が延びたことを伝えると憤慨していた。

「貴方、本番は二日後なのよ、わかっているの！」

「わかってるよ、朝一番で戻って夜ちゃんとリハやるから」

暫し沈黙、そして優しい声でユキが尋ねる。

「それで海に会ったんでしょ、どうだった？」

「うん……生意気なクソガキだった、大河にそっくりでさ」

ユキはその声のトーンに楓の辛さを感じた、

「そうわかった、体調管理だけはしっかりね、自己責任だよ」

翌朝迎えに行くと、海のまぶたがタコ焼きの様に腫れていた、涙涙のお別れ会だったらしい。

お世話になった園長達に丁重に別れを告げ一路東京へ、飛行機に二人並んで座る楓と海。

「海、一つだけ言っとくことがある、あんたはあたしや仲間が命がけで守る、恐い思いなんて絶対させない、でも辛い思いはさせるかもしれない、頑張れる？」

「楓、そんな時そばにいてくれる？」

不安そうな目で楓を見つめる海、岡田がいる東京に戻るという事が怖いのだろう、それは見ていて痛い程わかる、

「ああ必ず、約束するよ」

「じゃあ頑張れる、できるよ」

楓、泣きそうになった、喋り方まで大河にそっくりだった。

空港に到着した楓、落ち着きがない、勢いで海を連れて来たのはいいが明日からツアーが始まる、楓のマンションに海を三日も一人で置いていく訳にはいかず、実家へ向かった。

いきなりやって来た二人に驚く両親、モーツァルトに海を託し家族会議、今回、全面協力して貰うためには大河との出会い関わりまで話さなければならず長い話になった。

二人にとって到底容認できる話では無かった、しかし受け入れなければ楓は海を連れてどこに行ってしまうかわからない。

「お願いします、もう頼れるのはパパとママしかいないの」

楓はいつも選択肢を与えない。

「三日間だけでいいんだな」

「うん、ツアーが終わる頃にはすべて片付いてるはずだから」

楓は庭から海を呼んで二人に紹介する、

「ごめん、今からリハやって現地入りだから、あたしもう行くね、海いい子にしてなよ」

残った三人に当然会話などない、娘と大河の関係も詳しく聞きたかったが目の前にいる子供に聞くわけにもいかず沈黙が支配する、間が持たない麗子が海に尋ねる、

「海君、晩御飯何がいい？」

「僕、好き嫌いないから、でもハンバーグが一番好きです、パパがよく作ってくれたんです」

「貴方のパパみたいに美味しく作れるかわからないけど、お父さん、私買い物行ってくるから」

「おい、わし一人で……」

二人に半端なく重い空気が漂う、何か話をしようと海を見る健司、見つけた、海の足元にあ

るスポーツバッグ。

「なんだそれは？」

「パパが買ってくれたグローブです」

健司の指がピクリと動いた、

「野球どれくらいやってたんだ？」

「小学校一年から四年までリトルリーグで、その後は色々あって出来なかったから」

健司の指が更にピクピク動き出した、

「ポジションは？」

「ショートです、でも監督に五年生になったらピッチャーやれって言われてました」

健司、嬉しい我慢の尾がブチ切れた、

「ヨシッ、それ持ってついてこい」

「ハイッ」

三日後、ツアーから駆け付け戻った楓、

「ただいま〜」

誰も迎えに出てこない、いつもなら必ず出てくるモーツァルトさえ出てこない、それどころか玄関に所狭しと野球道具が並んでいる。

「パパ、なにこれ？」

リビングが一変していた、トレーニングルームの様に、海と健司は腹筋運動の真っ最中。

「海がな、中学生になったら野球したいんだと、暫くブランクがあるらしいから鍛えてやろうと思ってな」

麗子の話では、買い物から帰ってくると庭で仲良く二人キャッチボールをしていたらしい。

「よーし、次は腕立て伏せだ」

「はい！」

「ワン」

モーツァルトも仲間が増えて嬉しそう、こんな楽しそうな父の顔を見るのは初めてだった。

「楓、お父さんね、貴方がお腹に入った時、男だったら絶対野球やらせるって言ってたのよ、自分も大学までやってたから、息子とキャッチボールやるのが夢だったって」

「すいませんね、こんな娘で」

「何言ってるの、沢山貰ったわよあなたには、でも男の子は特別みたいね、私もご飯作るの楽しくて、美味しい美味しいっていっぱい食べてくれるから」

「そうなんだ……」

二階の楓の隣の空いてる部屋が海の寝室になっていた。

「海、起きてる？」

海はグローブの手入れをしていた。

「少し話していい？」

「うん、健さん野球上手いね、びっくりした」

「なんだ、健さんって」

「そう呼べって言われたもん」

「あと一つだけ、あんたに話してないことがあるんだ」

海は楓の声のトーンに何かを感じたのかグローブを置いた。

「ツアーが終わってあんたが生きてることを証明出来たら、オーストラリアの大河の元へ連れていく、そして向こうで暮らすの」

「どういうこと？」

「大河は向こうで結婚してるらしいから、あんたもそこに行って家族仲良く暮らすんだよ」

「俺に逃げろってこと？」

「そうだよ、岡田は日本の法律では裁けない、あんたの安全は守れてもこの同じ東京の中で暮らしていける？」

海は目に涙を溜め歯を食い縛っている。

「ごめんね、あんたにはなんの罪もないのに、すべて上手くはいかなかった」

「昔の友達ともう野球出来ないの、楓ともお別れ？」

「あんたの辛さはあたしもわかってるつもりだよ、でもこれが一番なんだ、明日は優子さんの墓参りだよ、早く寝な、おやすみ」

翌日、尾花と中村を連れて優子の墓参り、海は昨夜の話がショックだったのか車中一言も喋らなかった。

「海ここだよ、優子さんが眠ってる」

尾花と中村は先に線香をあげ離れて見守る。

「優子さん、貴方が命がけで守った海君、こんなに大きくなりましたよ、海、おいで、何か声掛けてあげて、喜ぶよ」

海は優子の墓石にすがりつき声をあげて泣き出した、

「ママ、ママ、ごめんね俺一人生き残って、守ってあげられなくてごめんなさい」

見守っている三人も涙が止まらない。

「命懸けで僕を守ってくれたママの仇も討ってあげられない」

「海、何言ってるの、あんたは何も悪くないんだ、生きている、それだけでいいんだ、それだけで親孝行なんだから」

中村も涙を拭いながら、

「そうだよ海君、僕たちの力が足りなかったんだ」

「楓、俺悔しい、負けたくない」

「海……」

海から吹き付ける風が冷たくなってきた。

海を家に送り届け、中村に事務所まで送ってもらう楓、

「中村さん、大河とまだ連絡つかないの？」

「いることは確認出来たんですが、工藤さん、全ての店舗で使う小麦の自社栽培の農園を探しにタスマニアに行ってるらしくて本人とはまだ、でも一週間以内には戻るらしいですけど」

「そんなにかかるの？」

「でも海君、心配ですねえ」

「うん、しばらく目が離せないよ」

事務所に戻った楓、ユキを捜すが見当たらず黒田のオフィスへ。

「黒田さん、ただいま」

「おお楓お帰り、来週で今年のツアーも終わりだな、お疲れさん」

「ねえユキは？」

「年末の特番の打ち合わせで局に行ってるよ、君は少しゆっくりできるだろうが彼女はこれから忙しいだろうな」

黒田がかなりの量の封筒を楓に渡す、

「何これ?」

「企業のパーティーの招待状だ、君の分はかなりあるから目を通しておいてくれ」

「面倒くさーい」

「そう言うな、チケットまとめ買いとか色々あるんだよ」

「あたしのツアーは完売だったはずだけど」

楓は不満そうに口を尖らす。

「アーティストは君だけじゃないんだ、企業の協力がないとやっていけない人もいるんだよ」

「わかってまーす、まあ美味しい物が喰えるからいいけど、顔出すだけでもいいんでしょ」

「ああ君なら顔だけでも向こうは大喜びだよ、そうすれば僕らも話を進めやすい、それからその手袋擦り切れてるじゃないか、新しいの買ってこいよ、経費で落とすから」

「いやこれでいい、これがいいんだ」

楓は大河が最後にくれた手袋をいまだに大事に使っていた、

「ねえユキを待つ間スタジオ借りてもいいかな、少し弾いておきたいんだけど」

「どうぞ」

軽く何曲か流してコーヒーを飲みながら招待状に目を通す楓。

「やっぱり基本は料理だね」

何通か目を通した時に楓の動きが止まった。

『株式会社ハピネス新社屋落成記念、代表取締役岡田真一』

「これは……」

楓はそれを見た瞬間その招待状を抜き取りバッグに入れた、丁度その時ユキが帰って来た。

「楓おかえり、どうツアーは、本田はちゃんとやってる？」

「まあそこそこ、ユキとは天と地程の差があるけどね」

ユキがテーブルの上の招待状に気が付く、

「そっか、もうそんな時期なんだ」

「ユキ一緒に行こうよ、美味しい物喰いにさ」

「相変わらずだね、時間が合えばいいけど、ところで海は？」

「うーん、うちの家族とはうまくいってるけどオーストラリアに行くのが嫌みたい」

ユキには隠し事は出来ない、墓参りでの経緯を話した。

「気持ちはわかるけどどうしようもないことだよ、私、あがりだけど何処か寄って帰る？」

「今日は帰る、心配なんだ、海が」

「あれ～母性が目覚めた？」

「そんなんじゃないけど今日は一緒に居てやりたいんだ」

楓が家に戻ると健司と麗子が楓のもとへ心配顔でやって来た。

「楓、海何かあったのか？　墓参りから帰ってきて飯も食わず二階から下りて来ないんだよ」

それを聞いた楓、思わず吹き出す、

「パパ、孫が心配で仕方ない爺さんみたいな顔してるよ、心配しないで、少し話してくる」

そのまま二階へ上がり海の部屋に、

「海、入るよ」

返事がない、ベッドにもぐりこんでいる。

楓が手を差し込んでくすぐる。

「ははは、やめてよ、ははは」

「やっぱり子供だな」

「そうだよ、子供だからママの仇も討てず逃げるんだ」

海ににらまれた楓、優しく海の頭を撫でて、

「今はその悔しさ、歯を食いしばって耐えるんだ、大河も向こうで成功してるし、あたしもいる、あんたが大人になって岡田の会社なんてぶっ潰してやればいいんだ」

「俺が大人になるまで待っててくれる？」

「ああ、約束する、このまま終わりになんてさせやしない」

「でも野球もう出来ないんだ」

「向こうでも出来るよ、まず下いって飯喰おう、パパ達も心配してるから、でもこれだけは信じて、あんたはもう一人じゃない」

海は楓の目を真っすぐ見詰め大きく頷いた。

「うんわかった、でも楓に一つ聞きたいことがあるんだ、パパのこと好きなの？」

ど真ん中にストレートがきた。

「う、何よ」

「まさか子供に嘘つかないよね」

子供の無垢な眼差しに戸惑う楓。

「それはそうだけど」

「前に親友って言ってたけど、なんかおかしいよ」

「わかった言うよ、大好きだったよ、でももう言ったってしょうがないじゃん」

「俺のママはひとりだけど楓だったら少し考えてもいいかな」

「やだよ、あんたみたいな生意気なクソガキ、あたしを幾つだと思ってるんだよ」

「ひどいな楓」

「じゃあお姉ちゃんになってやろうか、ちょっと呼んでみ、お姉ちゃんって、あたし一人っ子だからさ、いいよ弟にしてやっても」

「やだよ、そんな年くった姉ちゃんは」

「なんだと」

海に子供らしい笑顔が少しだけ戻った、自分の部屋に戻り岡田の会社の招待状を開く、来週の水曜日がその日だった。

二

今年最後のツアーも盛況のうちに終わった。

楓は事務所には戻らず尾花の所へ、三羽烏は見当たらない、

「一人？　丁度よかった」

尾花は強烈に嫌な予感がして眼をそらす。

「どうしました、楓さんまだ何か？　もうあの件は結論がでたんじゃないんですか」

「もう一つ頼みたいことがあるんだ、あんた以外には頼めない」

尾花に岡田の招待状を見せる楓。

「これで何を？」

「どんな奴か見ときたいんだ、その日あたしのマネージャーとしてついて来てほしい」

尾花、掌を顎に当て俯いている、

「いやいやいくら楓さんの頼みでもお断りします、危険すぎる、貴方が黙っている訳がない」

「そう、じゃあいいよ、一人で行くから」

楓は尾花にさえ選択肢を与えない。

「ちょ、ちょっと待って冷静に」

「冷静だよ、あたしは」

「今回は成り行きでは済まされない、相手は犯罪者かもしれない、海もある程度納得してるんならもういいんじゃないですか」

楓は尾花をじっと見つめる、というか睨みつけ、

「納得、言葉が違うんじゃない、それは妥協だよ、海は優子の無念と口惜しさを歯を食いしばって耐えてんだ、納得なんかしてない」

尾花、深く大きなため息をつき、

「俺が断れば一人で?」

「そのつもり」

「何をするつもりですか?」

「別に、考えてない」

尾花は強い楓の眼差しを直視出来ない。

「考える時間を下さい」

「いいよ、夜電話する」

家に戻ると相変わらず庭でキャッチボールをしている海と健司、それをリビングから微笑み

ながら見ている麗子。

「ママ、ただいま」

「楓お帰り、ツアーお疲れ様」

リビングから二人に声を掛ける。

「ただいまパパ」

「おお、お帰り」

「お帰り、楓ちゃん」

賢い海は両親の前では呼び捨てにはしない。

「海、肘が下がってるぞ、肘は耳の高さだ、胸を張って腕をしっかり振るんだ」

「はい！」

「毎日やってるの、あの二人」

午前中は体力作り、午後はキャッチボールと素振り、夜はビデオを観ながら野球談議。

「もうあまり時間がないのわかってるから、朝から晩までやってる、心配になるよ」

「何よ、心配って」

「お父さん、海がいなくなったら抜け殻みたいになりそうで」

そういう麗子も寂しさを隠せない、

「楓、夜は？」

「今日はもう出かけない、疲れたもん」

「そう、晩御飯一緒に食べようね」

「うん、じゃあそれまで少し休むね」

海と健司が一緒に風呂から出てきた頃、夕食の準備が整った。

「海、楓呼んできて、寝てるかも」

二階の楓の部屋に行くとドアが少し開いている、電話で誰かと喋っている様子、海は何かを感じて足を止めた。

「ハピネスさんですか？　貴社から招待状を頂いた彩矢ですけどパーティー伺おうと思ってます……、ハイ、明後日七時ですね……了解です」

続いてもう一件、

「尾花さん、それで返事は……ありがとう、きっと助けてくれると思ってた、それで岡田の会社と連絡が取れたよ……うん明後日、渋谷六時でよろしく」

思いがけない名前を聞いてその場を離れる海、三歩程もどって足音を立てながら、

「楓、ご飯だって」

「わかった、すぐ行く」

二人が下りていくと焼肉の準備ができていた、ホットプレートを四人で囲む。

「あれ、うちにこんなプレートあったっけ」

「買ったのよ、海は肉が好きだから、私料理あんまり得意じゃないでしょ、これだったらそんなに技術要らないし」

「麗子おばちゃん、そんなことないよ、いつも美味しいよ、ハンバーグなんてパパよりずっと美味しいもん」

麗子、いきなり目が潤む、間もなく訪れる悲しい別れのことは誰も口にせず野球やたわいもない話で場を盛り上げる健司達。楓、ふと気が付くと海がじっと自分を見つめている。

「何、どうした海？」

「いや何でもない」

翌日尾花は中村の事務所へ、

「尾花さん、どうしました？」

浮かない尾花の顔を見て何かを察した、

「楓さんがまた何か？」

「仕事を頼みたい、困り切ってる、俺一人じゃ背負いきれない、知恵を貸してくれ」

話を聞いた中村も絶句、

「楓さん、何をやるつもりなんですか、敵の本陣真っただ中で」

「わからん、恐らく何も考えてない、ただ言っていたのは納得と妥協は違うと」

二人暫し沈黙後、吹き出す、笑いが止まらない、

「尾花さん、楓さん普通じゃない」

「ああ飛びっ切りな、大変な奴と関わったもんだ」

「依頼は受けます、協力します、この件に関しては仲間として、貴方もそうなんでしょう」

「俺が言うのも変だがなんとかしてやりたい、ところで大河さんと海の方は話はどうだい」

「はい、工藤さんと海君の親子関係を戻すために動いてはいるんですが、少し変なんです」

「どういうことだ」

「大使館からの連絡待ちです、今日、明日には恐らく答えが出ると思います」

同時刻、楓の部屋で海は何かを捜している、

「あったこれだ」

引き出しの中の岡田の会社の名前が印刷されている招待状、中を開けて確認する。

「楓、これで何を?」


水曜日午後六時、待ち合わせた渋谷のカフェで尾花は中村に借りた幾つかの小道具を取り出し楓に渡す、超小型ボイスレコーダー、ブローチに見せかけた小型ワイヤレスマイク。

「これをドレスに忍ばせてください、そしてパーティー会場に入ったら電源を入れるのを忘れないように」

「やだよカッコ悪い、あたしに何をやらせるつもり？」

「楓さんが何をやるかわからないから、最低限の安全策です」

尾花、中村のことはここでは伏せた、弁護士である彼は違法性の高いミッションには参加出来ない、近くで待機することに。

二人は岡田のビルの前にやってきた、六階建ての洒落たデザインに驚く楓。

「こんなビル、保険金だけじゃあ買えないよね、やり手なんだ」

「何故か相当優秀なスタッフが揃っているみたいです」

尾花が中村に聞いた話では、元々二〜四階を間借りして二店舗を経営、それぞれが大繁盛してビルを買い取ったらしい。実質経営は優秀な二人の幹部が任されている。

「楓さんお願いします、くれぐれも軽はずみなことは」

「わかってるよ、飲み喰いしたら帰るから」

尾花は胸騒ぎが収まらない、昔からこういう素直な楓が一番危ないことをよく知っている、何か企んでいると感じていた。

「さあ行こう、戦闘開始」

「だから、そうじゃないでしょう」

受付に行くと丁重に控室に通され、楓はパーティードレスに着替える為更衣室へ、尾花から預かった小道具を身に着け携帯をサイレントにして尾花と合流、見渡すと百人位の人がいた。

午後七時、会場の照明が消えスポットライトに照らされた壇上に岡田が現れた、笑顔を浮かべ、イケメンではあるが来賓客を品定めするかのように見下ろす冷たい瞳に楓はぞっとした。

丁度その頃、裏口の非常階段のドアを懸命にこじ開けようとしている少年、海がいた。

短い岡田の挨拶が終わり乾杯、来賓の祝辞が始まると楓の元へ岡田がやってきた、警戒する尾花に同じような匂いを感じたのか、彼も尾花には一瞥のみ。

「彩矢さん、来ていただけるとは思いませんでした、感激です」

「今話題の人だから気になっていたんですよ、一度お会いしたいなって、だからこのマネージャーの尾花に頼んだんです」

「そうなんですか光栄です、それでピアノを用意したんですが、よかったら何か一曲弾いていただけませんか、是非お願いします」

二人に注目していた周りから拍手が沸き上がると皆が彩矢に気づき歓声へと変わっていった。

楓は不敵な笑みを浮かべ、

「いいよ」

尾花が楓の耳もとで、

「何で？　こんな奴の為にこれ以上関わらないでください」

「大丈夫、黙って聴いてて」

セパレートピアノが用意してある、軽く流すが調律もズレがある。

それに今日は何故か指が熱くはならない。

「では『太陽がいっぱい』聴いてください」

美しく悲しい旋律が奏でられ尾花も知っている曲だった、何か映画の曲だったのはわかったがどんな内容かまでは知らなかった、もし知っていれば後に起こる惨劇は防げたかもしれない。

同じ頃、ユキは楓を捜していた、

「本田、楓知らない？　来年のイベントの打ち合わせする予定にしてたんだけど、どこにもいないんだよね」

「それならさっき電話があって、急にお腹が痛いとかで休むって連絡ありましたけど」

ユキは騙されない、楓がサボりたいときはいつもきまって『お腹が痛い』だった、

「本田、今日他に予定はなかったの？」

「はい、一つパーティーの招待状が来てたみたいですが、楓さんが知り合いだから自分で断るって言ってました」

「知り合い、なんて会社？」

「確かハピネスだったかな」

「そう、ハピネス、え！」

それは海の処遇について皆で話した時、何度も出て来た岡田の会社、忘れるはずがない名前だった、ユキは嫌な予感に体の震えが止まらない。

「本田、車出して、大至急！」

「はい！」

初めて見るユキの恐ろしい形相に只事ではないとわかった。

楓、尾花、中村、誰も電話に出ない。


曲を弾き終えた楓の周りに人が集まっている、尾花はひと安心、岡田は面白くない。

岡田は常務の和田を呼び、

「おい、ビンゴでも始めて彩矢の周りの奴ら、散らばらせろ」

和田がステージに上がり叫ぶ、

「それでは超豪華景品が当たる、ビンゴゲーム始めます」

皆の注目がそこに集まると今度は若いスタッフを呼んだ、岡田はマネージャーとして傍にいる尾花の存在が気になっていた。

「おい、あの男にワインでもかけて別室に連れていけ」

「え、あの人にですか」

人相の悪い尾花に引きまくるスタッフ。

「俺の言うことが聞けないのか、後は杉内に任せればいい、あいつならうまく収めるだろう」

「はい……」

トレンチに赤のワインを載せ、すれ違いざまに尾花にかけた。

「何するんだ、貴様」

ドレスシャツが真っ赤に染まった、すかさず駆け寄る岡田、

「すいません、君、専務を呼んで急いで！　すぐ着替えを用意させます、申し訳ありません」

凛とした青年がやってきた。

「申し訳ありません、専務の杉内と申します、こちらへ」

尾花、岡田を前にして楓から離れるわけにはいかない、

「このままでいい」

「駄目だよ、ダンディな尾花さんがそんなんじゃ、あたしここにいるから行ってきなよ」

「絶対ですよ」

「わかってるって」

尾花が別室に消えるのを見計らったように岡田が寄って来た。

それは楓にとっても好都合だった。

「彩矢さん、出会った記念に二人で飲みなおしませんか」

「いいよ」

会場から抜け出す二人、エレベーターに乗り六階へ。

「この上に特別なお客様の為にテラスを作ったんですよ、そこでゆっくり飲みませんか」

「ふーんそうなんだ、いいね」

屋上に着いた二人、岡田が飲み物を用意している間に楓はボイスレコーダーとワイヤレスマイクのスイッチを入れた。今日はフルムーン、月明かりが二人を照らす。

「それでは彩矢さん、あらためて乾杯！」

「乾杯」

「でも夢みたいだなあ、彩矢さんと二人きりで飲めるなんて、もし良かったらこれからも会っていただけませんか」

「いいよ、考えとく」

応接室に通された尾花は憤慨している、

「早くしてくれ、そうだ！」

中村に連絡をつけようと携帯を取り出す、ところがワインで濡れてシャットダウンしていた。

「まずい！　君これなんとかならないか」

杉内に携帯を見せる、

「ちょっと貸してください」

水気をふき取りバッテリーを抜き差しする。再起動、なんとか画面を起ち上げ待ち受け画面が現れた。

それを見た瞬間に杉内の動きが止まった、

「これは……どういう事だ？」

「おい君、それ返せよ」

尾花の言葉には耳を貸さず、身に着けているインカムに叫ぶ、

「和田常務、大至急応接室まで最優先事項だ、奇跡が起きたかも」

尾花の待ち受けは墓参りの時に嫌がる海を入れて四人で写したものだった。男が飛び込んできた、

「スギ、どうした、トラブル？」

「お前ら人の携帯で何してるんだ」

二人全く尾花を無視、食い入る様に待ち受けを見ている、

「海だろ、海だよな」

「ああ間違いない海だ、しかもこんなに大きくなってる、あんたこれ海ですよね」

尾花は突然のことに状況が呑み込めない。

「僕らもと工藤大河さんの部下です、海が小さい頃からずっと一緒にいたから死んだって聞いても信じられなくてずっと捜していました、俺達の可愛い弟なんです」

二人溢れる涙を拭おうともせず立ち尽くしている、信用に値する美しい涙だった。

「ああ海だ、元気で生きてる」

二人抱き合って泣き笑い、ここにもいた、強い絆で結ばれた仲間が、創業当時の大河を支え店を大きくしたのはこの二人がいたからだった、律儀な二人は素人だった自分たちを大事に育ててくれた大河を今でも慕い、あの事故を調べ岡田が海をどこかに隠しているんじゃないかと疑ってハピネスに入社、ところが持ち前の能力で瞬く間にトップに上り詰め皮肉にもハピネスを大繁盛店へと導いた。

その時携帯が鳴った、ユキからだった、

「貴方達、何をしてるの！　今岡田の所でしょ、そこで何を」

ユキの凄まじい剣幕にたじろぐ尾花。

「パーティーに行くだけだからついてきてって頼まれて」

「それで楓、何かした？」

「岡田に頼まれてピアノを一曲弾いただけだけど」

「何を弾いた？」

「確か『太陽がいっぱい』とか言ってたな」

ユキ、暫し沈黙後、叫んだ。

「大変！　きっと何か企んでいる、お願い尾花さん、楓を止めて」

月明かりが楓と岡田を照らす。

「そう言えばさっきの曲、『太陽がいっぱい』っていい曲でしたね、美しくって悲しくて」

「古い映画音楽だよ」

「へえ、どんな?」

「聞きたい?」

「ええ僕も映画好きなんで、是非」

「でも内容は聞かない方がいいと思うよ、あんた事故で奥さん亡くしてるでしょ」

岡田は楓の言葉に驚きを隠せない。

「あんたに興味があったから調べたんだ」

「興味?」

「うん、やり手でイケメンだし」

楓の興味があるという言葉で岡田に少し笑顔が戻った、

「映画のこと聞かせてくださいよ」

「いいよ、イケメンの男が完全犯罪を目論み財産目当てで大金持ちを事故に見せかけて殺すんだけど最後にばれて捕まるの」

岡田の目つきが険しくなった。

「そんな映画なんですか……」

声が震えて鼓動が乱れている、楓の絶対音感は聞き逃さない、今だと感じたたみかける。

「そういえば前にあんたと付き合ってた麗華、友達なんだ、色々聞いたよ、メールとかも見せてもらったし」

楓はメールなんか一度も見たことがない、しかしこういう嘘はすらすら出てくる。

岡田は動揺が隠せない、グラスを投げ捨て、

「お前何を知っている？」

「何も、知ってるのは神様とあんただけだよ」

「お前何者だ」

「とりあえず正義の味方だよ」

「馬鹿馬鹿しい、事故の事ならなんの証拠も無い、終わった事だ」

「そう思ってるの？　終わったって、それはどうかなあ」

「もう帰れ、最悪の女だ」

表情を悟られまいと背を向けた岡田に決定打を浴びせる。

「一つだけ確かなことがあるよ」

「なんだ」

「この前貰った海の保険金、ちゃんと返せよ」

「どういう意味だ」

「そういう意味だよ」

振り向いた岡田は驚愕の表情を浮かべ震えだした、

「まさか！」

「そうだよ、海は優子さんが命懸けで守ったんだ、母親をなめるな、どっちにしたって、お前もうただじゃ済まない、首洗って待ってろ、クソ野郎」

楓が踵を返し屋上を去ろうとした時、いきなり首を掴まれた、

「何するんだ、まだ罪を重ねる気か」

「お前気に入らねえ、俺の人生最高の日に泥を塗りやがって、一人殺すも二人殺すも同じだ」

鬼の様な形相で楓の首を掴み引きずっていく。

「やっぱり事故はお前がやったんだな」

「俺は現場にはいなかったんだ、あれは優子の運転ミスだ、まあ少し細工はしたがな」

岡田から狂気が溢れ出てきた。

「離せ、お前のせいでどれだけの人が暗闇に落ち絶望を味わったか、絶対許さない、許せない」

楓は岡田の感情を激高させて何かを掴もうとは思っていたが、これは想定外だった。

「こんなことしてお前になんの得がある？」

「お前がデカい顔してのさばってたら、うちの海が上を向いて大手を振って日本を歩けないんだよ、あたしはお前を決して許さない、ケジメはつけてもらうよ」

「訳のわからないことを、お前はここから落ちて死ぬ、酔って足を滑らせてな」

楓はマジやばいと思った、殺される、背中に当たる鉄柵の冷たさがそれを感じさせた、その時非常階段から海が現れた、争っている二人は気付かない、助けが間に合わないと感じた海、ポケットから大河にもらったボールを出して握りしめる、

『お願いパパ、ママ、力を貸して！　楓を助けて』

迷わず大きく振りかぶって叫びながら全力投球、

「岡田！」

海の怒声に驚いて振り向いた岡田の顔面に見事命中、もんどりうって転がる、すかさず楓の前に回り込む海。

「海、どうして？」

「電話で話してるのを聞いたんだ、無茶苦茶だよ、楓」

岡田がよろめきながら立ち上がった、非常階段を背にして。

「俺が体当たりするから、その隙に逃げて！」

「いやだ、逃げるなら一緒じゃなきゃ」

臆病な岡田は肌身離さず持っているナイフを取り出した、海も手に鉄パイプを握りしめている、覚悟を決めた男の顔をして、

「いいから、俺はママを守ってあげられなかった、だから楓だけは死んでも守る」

「馬鹿、あたしが勝手にやったんだから、海、逃げろ、あいつマジ切れてるから」

「いいんだ、たった二週間だったけど本当に楽しかった、生きてるって思えた、これで仇も討てるし見つけてくれてありがとう、楓に会えて良かった、もう十分だよ」

その言葉に涙で前が見えない楓が声にならない叫びをあげる、

「いやだ、やだよ、お願い、逃げて」

泣き叫ぶ楓、岡田がよろめきながら近づいてくる。

「楓に一つだけ頼みがある、もし俺が死んだらパパにはもう言わないでくれる？　二度も悲しい思いさせたら可哀そうだからさ」

どれ程強く深い愛と誇りに満ちた言葉だろう、心と体が震えた。

「死にぞこないが、ぐちゃぐちゃうるせえんだよ、まとめて殺してやる、切り刻んでやる」

岡田が突進してきた、海も体を丸めて突っ込む、その時扉が開いて誰かが二人の間に立ちふさがった、ユキだった、崩れる様に倒れた脇腹から血が溢れ出てきた。

尾花が岡田を蹴り倒しナイフを取り上げる、

「この外道が」

楓、錯乱し叫ぶ、

「ユキ、ユキ、ユキ、誰か救急車！」

和田と杉内が救急車を大至急手配した。

抱き起こそうとする楓を中村が止める。

「楓さん、救急車が来るまで動かさないで、出血していますから」

「楓……」

ユキがか細い声で楓にささやく。

「ユキ、喋っちゃ駄目だよ」

「馬鹿、死んだら喋れないでしょう、これだけは言っておきたいの、貴方に会えてよかった、ありがとう」

ユキの意識が途絶えた。

十分後、ユキが搬送され同時に警官がなだれ込んできた、岡田は殺人未遂の現行犯逮捕で連行されパーティーは当然中止、杉内も和田も聴取を受けることになり任意同行を求められる。

「海！」

海が振り向いた目の前に懐かしい顔があった、ロックが掛かった屋上のドアを開けてくれたのはこの二人だった。

「わー兄ぃ、すー兄ぃ」

興奮していた海もやっと気付いた、

「勝手にでかくなりやがってバカ野郎」

代わる代わるに抱きしめられ涙の再会、ユキは救命救急センターに運ばれ緊急手術、楓、海、尾花、中村、本田が付き添う。

手術中のランプが消え麻酔で眠っているユキが出て来た。

「ユキ、ユキ、ごめんね」

手を握ろうとするが看護師から制され、

「麻酔が効いてますから、詳しくはドクターに聞いてください」

遅れて出て来たドクターの周りに全員が集まる、

「心配いりません、大丈夫です」

小型のナイフだったので傷も浅く小さく、内臓も傷ついてないので一週間ほどで退院出来るらしい、全員ほっと胸をなでおろす。海は泣き出した、楓が優しく抱きしめる。

「俺のせいでユキさんが」

「あんたのせいなんかじゃない、全部あたしのせいだ」

自分の軽はずみな行動で、もしもユキが死んでたらと思うとたまらなかった、楓はユキが目覚めるまで付き添うことになったが、ふと気づいた、

「海、あんたパパに何て言って出て来たの？」

「俺、外出禁止だから抜け出してきた」

「ヤバい！」

携帯の電源を入れると健司から数えきれない着信とメールが入っていた。

「本田、急いで海送って」

深夜、小さな電子音が響く病室、楓はユキの手を握ったまま眠っている、しかもいびきが半端ない。先に目覚めたユキ、彼女の頭を優しく撫でる、

「あ〜あ、気持ちよさそうに寝ちゃって」

「ふあ〜」

楓が目覚めた。

「ユキ起きてたんだ、大丈夫？」

「大丈夫な訳ないでしょ、痛いよ」

「だよね……ごめん」

「いいよもう気にしなくて、貴方と海を守れた喜びに比べたら大したことない」

「ユキ……」

楓、涙が溢れてきた。

「泣かないで、これで少しは借りを返せたし」

「借り、あたしにあってもユキには無いでしょ」

「ううん、ピアノやめてからずっとモヤモヤしてた、小さな頃からずっと抱いてた夢を捨ててお店始めた時思ったの、もうピアノや音楽とは関わらずこのまま歳をとっていくのかなって」

「ユキ……」

「貴方に会ってからだよ、急に世の中が明るく感じたんだ」

「明るい？」

「うん私、ピアニストとしては限界だったけど、夢は楓が叶えてくれた、マネージャーとしての仕事も楽しかったし、それはきっと闇を照らしてくれる光だった」

「それユキがいてくれたからだよ」

「私達二人でお互い足りない物を補ってやってこれたのが嬉しかったし毎日が楽しかった」

「そうだね」

「私、チーフマネージャー辞める」

「辞める？」

「貴方の専属に戻してもらう、本田も頑張ってるけど、彼じゃたどり着けない領域がある」

「なんとなくわかるよ」

「それにまだあの約束、果たしてもらってないしね」

「アメリカ行ったじゃん」

「あんなの片隅だよ、まだまだこれから」

「出来るかなあ、またコキ使うつもり」

「たどり着けるよ楓なら、でも駄目だったら光がいるし、それに」

「まだあるの？」

「貴方の暴走、誰が止めるのよ」

「あは、あはは」

楓、泣いて笑って誤魔化す。

翌日朝から、各テレビ局が昨夜の事件をこぞって流していた、酒に酔った岡田が楓に絡み、それを止めようとしたマネージャーが刺されたという内容だった、日本のみならず世界中からユキのマネージャー魂に称賛の声が届いていた。海のことは誰もが口をつぐんだ為、ニュースにはならなかったが、マスコミが事件の本筋に辿り着くのは時間の問題だった。


朝一番で海が病院にやって来た、責任を感じて眠れなかったのか目が赤い、楓は病院内の宿泊施設に泊まっていたのでユキの傍に。

「ユキさん、ごめんなさい」

「海、貴方は何も悪くないよ、悪いのはそのお姉さんだから、いつも後先考えないからね」

「そうでしょ、楓は無茶苦茶だもん、ユキさん苦労するね」

「うるさい！」

楓は空腹で機嫌が悪い。

「海、何だよ、それ食べ物？」

楓は海が持っているコンビニの袋に目を付けた。

「これ今日健さん達が町内会の清掃日で朝からいないので、お見舞い行くならなにか買って喰えって、貰ったお金で買ったんだ」

楓の目が輝いた、海が袋を渡す、

「ユキさん、お昼から健さん達お見舞いに来るって言ってました」

「そんな無理しなくていいのに」

「海、なんだこれ」

不機嫌そうに楓が掴んだ袋に入ってたのはポテチ、チョコだった。

「あんたさあ、これって遠足のおやつじゃん、普通はメロンだろ」

小学生としては妥当な選択。

「店が開いてなかったから」

「そっちは？　わかったバナナだろ」

「俺の朝御飯だよ、牛丼」

「はあ牛丼、馬鹿じゃないの朝から病院に」

「昔パパと野球した後、大好きでよく食べてたけど二年間食べれなかったから、つい看板見たら買っちゃった、御免なさい」

楓とユキは言葉につまる、こんな子供がどれ程の我慢を強いられてきたかと思うと胸が痛んだ。

「いいじゃない楓、お茶買って来てあげたら」

「うん」

楓が病室を出ていった後、ユキが優しく海に言葉を掛ける。

「楓、口は悪いけど誰よりもあなたのことを一番に考えてるから」

「わかってます、楓だけは僕の心を守ってくれた、だからあの時思ったんです、この人を守れるなら死んでもいいって」

「海、男だね」

ユキ、あの日最後に会った時の大河を思い出していた。

楓が戻ると海が美味しそうに牛丼を喰っていた。

クンクンと鼻を鳴らす楓、

「海、一口くれよ」

「やだ、絶対やだ、死んでもやだ」

「そこまで言うかクソガキ、後で買ってやるからさ」

「さっき馬鹿とか言ってなかった」

美味しそうに飯を掻っ込む海を見て、

「悪かったよ、ごめん、ごめん、だから一口だけ」

相変わらず言葉に謝意がない。ユキ、顔をゆがめて笑い出した、

「あははは、痛、痛い、傷口が開きそう、リトル大河だね」

海、袋からもう一つ取り出した。

「はいどうぞ、楓が何も食べてないかもしれないって思って二つ買ってきたんだ」

楓、子供に気遣われる。


午後、明日の警察の事情聴取に備えて中村の事務所に集まったメンツは楓、海、尾花、そして何故か和田と杉内。

「まず楓さんとユキさんに対しての殺人未遂、これは間違いなく立件出来ます、そして昨日の音声データも警察に、これで検察と科捜研も本腰入れて動くでしょう」

中村、和田と杉内に頭を下げて、

「そしてこのお二人の協力で岡田の巨額脱税の証拠も押さえました、恐らく叩けばもっと余罪も出るでしょうし優子さんの殺人罪は立証できなくても長い務めになる、もう奴には何も残っていません」

一同、満足げに顔を見合わせる。

「海君、皆に何か言っとく？」

「はい」

海、皆を見渡し深く頭を下げた、楓と目を合わせ微笑む。

「本当にありがとうございました、でももう岡田のこと恨むのはやめます……ママとユキさんのことは許せないけど、それがあって皆さんとこうして出会えた」

楓、海が急に大人びて見える。

「九州の二年間、なんで僕だけがって毎日思ってたけど、今はこれも運命だったのかなって思えます、ありがとうございました」

尾花立ち上がって拍手、皆も続く。

「楓、一度しか言わない、本当にありがとう、最後まで俺の心を守ってくれて、皆も俺のこと考えてくれただろうけど、あのままオーストラリアに行ってたらきっと一生後悔してた」

「海……」

「俺オーストラリア行かないよ、パパも向こうで結婚して幸せになってるならそれでいい、たまに会えればさ、それに健さんが居ていいって、中学でもこっちで野球続けたいんだ」

「あ、そうだ」

中村が叫んだ、

「そのことで重大な報告があります、というか僕のミスなんですがやっと確認がとれました」

「ここまできてまだあるの？」

楓、少しだれて来た。

「はい、楓さんと海君にとっては大変重要なことです」

「何だよ」

「結論からいうと、工藤さん結婚していませんでした」

「え！」

「マジ？」

楓と海のけぞって驚く。

「僕の語学力不足が起因してるんですが、入籍と聞いて結婚したんだと勘違いしました」

海が肘で楓をつつく、中村が楓に優しい笑みを向け話を続ける、

「向こうで入籍とはもう一つあるんです、養子縁組です」

「パパが、誰と？」

「現地社長のドナルドさんです、ご夫婦健在なんですが子供がいなくて、飛躍的に業績をのばした工藤さんに感謝を込めてという事らしいです」

杉内と和田、満面の笑みを浮かべて、

「やっぱり俺達のボスは凄いな、スギ」

「ああ、信じて待ってて良かったよ」

それよりもっと喜んだのが二人の経緯を知っている尾花だった。

「いやあ最高だ、楓さん頑張って良かったね」

「別にそんなつもりでやった訳じゃないから、でもそんな重大なことよく今迄確認できなかったな、この三流弁護士」

「すいません」

楓と海が立ち上がり中村と尾花に深く頭を下げる。

「でもあんたと尾花さんに頼んで本当に良かった、心の底から感謝してる、ありがとう、じゃあ海いこうか」

「うん、そうだね」


すべてが終われば行くべき場所、口に出さなくても誰もがわかっていた、遠くに富士山が薄白く見える小高い丘に立つ優子の墓、初めて訪れた和田と杉内は草むしり墓磨きに余念がない。

「優子さん、貴方が命を懸けて守った海、立派でしたよ、全て終わりました、安心して下さい、海、おいであとはあんたが話してあげて」

海、黙って頷く、

「ママありがとう、この言葉をやっと言えた、もう誰も恨まない、自分の為に頑張る、守ってもらった命繋いでいくから、でも一つお願いがある、もしもパパと楓が……」

そこにいる全員が聞き耳をたてたが聞き取れなかった。

優子の墓を去る時、冷たい北風がかすかに優しく楓にささやく。

『ありがとう』

振り向き笑顔で答える楓。

「どういたしまして、またね」

夜、家にもどった楓と海。

「パパ、ママ心配かけて御免なさい」

二人深々と頭を下げる、何と言われても返す言葉がない、山盛りの説教は覚悟はしている。

「ユキさんにあんな怪我までさせて、運が良かっただけだ、もしものことがあったらどうするつもりだったんだ、この馬鹿者」

「わかってる、馬鹿だった……」

「大馬鹿者だ、おまけに海まで巻き込んで」

「健さん、楓ちゃんは僕の事を考えて必死でやってくれたんだ、悪いのは僕も同じです、もう怒らないで、お願いします」

「それはそうだとしてもだ」

「そうだ健さん、僕もう外に出られるから走り込みやろうと思って、最初はどれくらい走ればいいですか」

健司が身を乗り出した、優しい目で海を見て頷きながら、

「走り込みは大事だぞ、そうだな、とりあえず三キロから初めて次は五キロ、中学までに十キロだな、それからダッシュも入れたほうがいいな、どれわしも一緒に自転車で走ってやろう」

健司はこの手の話になると心が跳ぶ、海とこのまま一緒に野球を続けていける事が嬉しくてたまらない。

麗子笑っている、楓は下を向いたままつぶやく、

「海、ファインプレー」


翌日、海は健司と麗子と守ってくれた近藤監督のもとへ、楓は警察の事情聴取にユキの見舞いにと慌ただしい一日だった。

中村は海の戸籍の復活、通っていた小学校への復学手続き、オーストラリアに向かう為のパスポート申請と忙しかった。

当初は大河に連絡を取って日本に帰ってきてもらうつもりだったが、楓がいきなり行ってびっくりさせてやりたいと言うのと、もう直ぐ冬休み、海が一度海外旅行に行きたいと言い出し話がややこしくなった、ただこの二人だけだと危なっかしくてしょうがないとユキの要望で中村が同行することになった、全ての手続きが終わり出発は四日後のクリスマスイブ。

ところが事態は急変、翌日朝早く楓の携帯に中村から連絡が入る。

「楓さん大変なことになりそうです、今日スクープが出ます、懸念はしていたんですがマスコミが騒ぎ始めました」

「なんだよ、朝早いの苦手なんだ、それで」

あのパーティーに来ていた記者が事件の騒動に紛れて海を隠し撮り、そこから岡田の過去の事件にたどり着いたらしい。

事故で死んだはずの子が生きていて、そこには保険金殺人の疑い、彩矢やハピネスの岡田までが絡んでいる、絶好のネタに今日発売されたスクープ誌『文冬』トップで出るらしい。

「どう対応しますか、僕は貴方の代理人としてできる限りの事はやります、ただ事件の全貌が明らかになっていませんから今はノーコメントで通すのが一番かも」

暫しの沈黙後、楓が口を開いた、

「わかった、会見しよう今日、このままじゃまた海を傷つけてしまう、責められるのはあたしだけでいい、中村さんセッティングして」

「本気ですか、しかも会見をもうやるんですか？」

「そうだよ、もうすぐあいつは小学校に戻るし、この事で周りに迷惑かけられないよ、後でそっちに行くから」

「……それから海君の件、本当にいいんですか、進めても」

「うん、いいよ、任せる」

携帯を切ると同時に黒田からメールが入った、テレビ局や雑誌数十社が事務所に押し寄せ現場は大混乱しているらしい、今日は絶対に顔を出すなと。

午後中村の事務所に楓が行くと、尾花と騒動に退院を繰り上げユキが来ていた。

「ユキ、退院して大丈夫なの、ダメだよ無理しちゃあ」

ユキは笑ってる、

「誰が無理させてるのよ、本当に貴方って人は世話が焼ける、でもこうなることは想定内だったからいいけど、ただ今日やるの？」

「うん、時間をおくと面白おかしく推測なんかで何書かれるかわかんないよ、その前にけりをつけたいんだ、海が小学校に戻る前に」

一同頷くが中村が口を挟んだ。

「わかりました、緊急記者会見という事で場所は押さえます、ただ一つ条件があります、あなたは当事者だから会見から外せない、でも報道陣の問いかけには僕とユキさんが対応します、楓さんは何も喋らなくていいですから、それだけは絶対守ってください」

「なんでだよ、でもいいよわかった、頭下げてりゃあいいんだろ」

ユキと尾花は顔を見合わせ苦笑い。

午後六時、平日だったので事務所近くのホテルの大広間を借り切っての緊急共同記者会見、記者やカメラマンがぞろぞろと席を埋めていく、その数は優に百を超えている。

午後七時、会見が始まった、うつむき加減に壇上に上がる楓、その両脇にはユキと中村、いきなり浴びせられるフラッシュの嵐。

その頃ホテルのロビーの隅にニュースで会見を知った海、ガードとして和田と杉内も来ていた、海はスマホで動向を探っている。中村が報道陣に向け口を開いた、

「あのー皆さん、お忙しい中お集まりいただきありがとうございます、えっとこれからあの

『文冬』さんの記事に関する会見を行います……」

中村はあまりの報道陣の数に圧倒され少し怯えている。

「あの『文冬』さんの記事は事実なんですか」

「はい、あのぅ大方は事実だと思います」

中村、初めての会見にしどろもどろ、いきり立つ報道陣から辛辣な罵声が飛ぶ。

「あんたに聞いているんじゃないんだよ、引っ込んでろ、こっちは直接彩矢さんの口から聞きたいんだよ」

うつむく中村、何故かユキは無言で見守る。

「元ホストで今はハピネスの岡田社長がその女を騙し結婚して保険金を掛けて事故を装い殺したというのは事実ですか」

「それは警察が調べているので詳しい事は我々にもわかりません」

「そもそも彩矢さんと生きていた子供との関係は？」

ますますいきり立つ報道陣、その時ずっとうつむいていた楓が立ち上がり正面を向いた。

「あんたらいい加減にしろよ」

そう叫ぶと壇上でいきなり頭をさげ一分間頭を上げなかった、記者達も突っ込みようがない、
頭を上げた楓がもう一度深く頭を下げ、

「全部あたしが悪い、そんなことはわかってる、ユキに大怪我を負わせ海まで巻き込んだ、そ

のことでならどんなに責められても構わない、罪は全てあたしにある、でも命懸けで息子を守った母親を侮辱するな、その女じゃない優子だ、それだけは許せない」

楓の強烈な言葉にフラッシュの嵐、中村は楓を止めようとするがユキがそれを手で制す。

「彩矢さん、貴方は美しい音を奏で人々を魅了する、そんな人がやることなんですか」

「自分の罪はちゃんと認める、でもなんであんたらに頭下げなきゃいけないの、それでもしピアノを弾く資格がないって言うのなら……やめるよ覚悟はしてる」

立て続けに浴びせられる報道陣の辛辣な言葉とフラッシュに真っすぐ前を見て立ち尽くす楓、その時大広間の扉が開きそこに海が立っていた、大声で叫ぶ。

「やめろ、楓をいじめるな」

一斉にフラッシュが浴びせられる、しかし海は臆することなく真っすぐ壇上に上がり楓をかばうようにたちふさがる、

「もうやめてください、楓は何も悪くない、怖くて怖くて九州で死んだように隠れていた僕を見つけてくれて命懸けで陽の当たる処へ連れ出してくれたんだ、お願いします、もうやめて」

溢れる涙を拭おうともせずに立ち尽くす海に報道陣も沈黙、その中からただ一人挙手する男がいた、まわりの記者とは違う風格を漂わせている、楓と目が合い立ち上がる男。

「私『文冬』の寺原です、今回の記事を書きました、彩矢さん一つだけ貴方の口から聞きたい、何故ここまで？」

「別に深い考えなんてないよ、ただこの子が泣いて笑って恋をして普通に暮らせるようになればいい、そう思ったんだ、それだけだよ」

寺原、笑顔で楓に深く一礼、

「いつも嘘やゴシップで飯を食ってる私ですが調べているうちに思ったんです、疑うのが仕事ですがこれが真実だったらって、優子さんの事はお気の毒でしたが書きがいがありました、私は今の彩矢さんのピアノが聴いてみたい、今日ここに来たのはあなたの勇気と愛情ある行動に敬意を表したかった」

寺原が立ち上がり報道陣に呼びかける、

「皆これ以上、突っ込めば会社のホームページが炎上するぞ」

拍手をおくる寺原にすべての報道陣が立ち上がり賛同した、ホテルの従業員までもが涙ながらに拍手している、楓と海はすべてを見回し深く頭を下げた。

ユキが中村にそっとつぶやく、

「わかったでしょ、楓が持ってる運は半端じゃないんだよ」

目に涙を浮かべて笑顔で頷く中村、怒涛の会見が終わった。

翌日のテレビや新聞、週刊誌もほとんどが好意的に取り上げてくれていた、素早い会見と海の涙の乱入がドラマチックにまとめられ各局がこぞって放送していた。

この時点で大河が日本にいないことが幸いしていた、もしいれば楓との関係など取り沙汰されてスキャンダルになっていたかもしれなかった、二年近く消息不明の大河にはさすがにマスコミもたどり着けなかったらしく、事態は次第に終息を迎えている様だった。


十二月二十二日、海、前に通っていた小学校に復学、しかし初日から大遅刻、勿論原因は楓の寝坊、門までは健司が送ることに、車中説教の嵐、

「何故昨日から言わなかったんだ、馬鹿者、海は二年ぶりの学校を楽しみにしていたのに」

「復学の連絡もらったのが遅かったから、早く起きればいいと思ってたからさ」

「早起き、フン、お前がそれを守った事一度でもあるのか、海が可哀そうでたまらん、フン」

海の復学と岡田の全面自供の連絡を中村から聞いたのはクリスマスイベントに出演していた為、十二時をまわっていた、今の車内の時計は十一時、

「健さん、楓ちゃんは年末イベントで忙しいから仕方ないよ」

「覚悟を決めたんなら少しは自覚を持て」

健司も怒ってはいるが心の中では嬉しかった、以前はほとんど会話が存在しなかったが海の存在が二人を繋いでくれていた。

海がいつもの様に速攻フォロー、

「じいちゃん、今日練習五時だよね」

「ん、うんそうだ、道具一式持って四時半に迎えに来るからな」

「二年ぶりだ練習するの、嬉しいな」

健司、近藤に海のことで挨拶に行った時にたちまち意気投合、監督のチームのコーチをやることになった。間もなく校門というところで何かに気づいた健司が車を止めた、

「パパ、門の前まで行ってよ」

「わかっているが何かいるぞ、あれはマスコミじゃないのか」

見るとどこで今日の事を知ったのか、一目でそれとわかる集団が待ち構えている。

「あいつら、こんなところまで」

「どうする楓」

「いいよ行って、堂々と正門から行こう、あたし達、何もこそこそしなきゃいけない様な悪い事はしてないし、海いいよな」

「うん」

車を正門に着けるとマスコミに取り囲まれた、窓ガラスを叩き叫んでいる。

「楓ちゃん、出ていって大丈夫かなあ」

健司も不安そうに見守っている。

「行くよ海、あたし達なら乗り越えられる」

「わかった、でも暴れないでよ」

「何だよ、あたしはならず者か」

その時、門が開き数十人の生徒達が飛び出してきた、彼らは車とマスコミの間に入り込みバリケードを作ってくれた、リーダー格らしい少年がマスコミを問い詰める、

「ここは小学校です、帰ってください」

この少年は石川翔太、幼い頃から海とずっとリトルで一緒の親友だった、子供達から帰れというシュプレヒコールが沸き上がる、記者も負けじと言葉を荒げる、

「君達は報道の自由を邪魔するのか」

「何が報道の自由ですか」

子供達と記者達の間に教師らしい男が割り込んできた。

「子供の人権を無視して何が報道の自由ですか、しかもここはすでに本校の敷地内です、帰りなさい、警察を呼びますよ」

車ごと校内に引き入れ門を閉じると、記者達も諦め退散し始めた。海が車から降りると翔太が泣きながら飛びついてきた。

「バカ野郎、いきなり現れやがって、でも俺はお前が絶対死ぬわけないって思ってた」

「ありがとう待っててくれたんだ、しっかりトレーニングしてきたから今日から練習いくぞ」

笑顔と涙で見守るクラスメイト、楓が降りると歓声が沸き上がる、先程の教師がやって来た、

「彩矢さんありがとうございます、この子を守ってくれて、あの会見を見て勇気をもらいました、ここからは私達がしっかり守ります」

出て来た生徒が教室に戻ると校舎の全ての窓が開き全校生徒が拍手で海を出迎える、楓は嬉しそうに手を振り、

「感動だな、海泣け、泣くとこだろ、ここマジ盛り上がるから」

「やだよ、恥ずかしいよ、俺は楓みたいに芸人じゃないから」

「何が芸人だよ、あたしはピアニストだ」

「ふーんそうだったたっけ、忘れてた」

「お前達何をしているんだ、いい加減にしろ」

健司の怒りに触れ肩をすくめる二人。

「さあ、行こうか海」

「楓、ついて来るの？」

「当たり前だろ、先生たちに挨拶したりいろいろ手続きもあるんだよ、一応母親だし」

「なんで俺達、親子になっちゃったんだよ」

「成り行きだよ、色んな手続きするのに手っ取り早かったんだ」

「はぁそれだけ？」

「それにあんた、前に言ったじゃん、ママだったらいいなって、だからなってやったんだよ、嬉しいなら素直に喜べ」

「子供のたわ言本気にしたの？　しかもそこまで言ってないし」

「やなのかよ」

海は楓に背を向けたまま涙を浮かべて笑ってる、小さな声で、

「ありがとう母さん、いつか絶対恩返しするからね」

「いらないよ、何言ってんだよ、でもお願いだから母さんはやめて、あたしまだ二十六だし」


出発前夜。

「海、入ってもいい？」

「いいよ」

「ちゃんと用意出来たの？」

「俺、何もないから」

「あ、そっか、ごめん」

「でもね一応グローブは持っていくんだ、パパの分も爺ちゃんに借りたから」

爺ちゃんという言葉にまだ多少の違和感があるが、グローブを二つ並べて一生懸命磨いている海が可愛い、母性なのか心が揺れる。

「そう、キャッチボール出来るといいね」

「ねえ楓、パパのどこが好き？」

「なんだよ、いきなり」

「今回パパは何もしてない、俺恥ずかしいくらいだよ、すべて楓や皆のおかげだもん」

「大河はあんたのこと、知らなかったんだから仕方ないよ、でも喜ぶぞ、思いっ切り泣かしてやるんだ、フフッ」

いたずらっ子の様に笑う楓。

「質問に答えてよ」

「黙秘します」

「何だよ」

うつむく楓、

「わかんないんだ自分の気持ちが、大河が結婚してるって聞いても、あんたのことは絶対なんとかしようという気持ちは変わらなかった、でも全部終わってあいつが結婚して無かったって聞いた時、そこまで嬉しい、良かったって思えなかったんだ」

「パパ、フラれるね、きっと」

海、寂しそうに呟く。

「会って顔見た時、なにかわかるんじゃない、それに金髪の彼女くらいいるかもよ、生意気言ってないで早く寝な」

三、LET IT BE 全てはこの夜に

翌朝、成田まで健司と麗子が送ってくれた。

海は初めての旅行で舞い上がっている、八時間後、遂にシドニーに辿り着いた、十二月というのに季節は初夏、日本とは真逆の季節に戸惑う三人、目指すは三元本店、そこに大河がいることは中村が確認してくれていた。タクシーで向かう道中、楓も海も複雑な思いが交錯していた、一年半ぶりに大河に会って何を話したらいいのか自分の気持ちがわからない楓、海もずっと心に引っかかっている、大河がしっかりしていればあの悲劇は無かったかもしれない。

楓が好きな大河を知らない海はまだすべてを受け入れ許す気持ちにはなれない、大きな公園の前にある三元本店に着いた。

楓は迷わずダクトの下へ、目を閉じてたたずむ、

「ふん、ちゃんとやってんじゃん」

楓、閃いた、

「海、その公園で隠れて待ってろよ、大河が出てきてあたしが合図したらそのボール思いっ切り投げつけろ」

海は少しほっとした、いきなり会うのはかなり抵抗があったから。

「楓はどうするの？」

「行ってくる、確かめに」

店内に入るとほぼ満席状態だった、カウンターの隅に座った楓。

従業員がやってきた、背越しに声を掛けられる。

「ウエルカムッス」

楓の絶対音感が忘れるはずのない懐かしい声をとらえた、

「ケン！」

「かかか、楓さん」

驚き戸惑う二人、でも久しぶりの再会に笑顔が弾ける。

「ケン、何で此処にいるんだよ、『元』は？」

「あそこで一年やってオヤジの店に帰ろうとしたら大河さんから連絡もらって、オーストラリアに来ないかって」

ケンの父もまだまだ現役でもっと広い視野で世間を見てこいと、そして世話になった大河の力になってこいということでここに来たらしい、もうケンの目には涙が滲んでいる、

「相変わらずだなケン、泣き虫と変な日本語は」

「楓さんの毒舌も、でもどうしてここが？」

「ケンのことは知らなかったけど、大河がここにいるのは二カ月前から知ってたよ、でも日本でいろいろあってさ、あいつ、いる？」

「うス、上のオフィスに、呼んできます」

楓の心臓が音を立てて鳴り出した、

「ケン、ちょっと水を一杯くれる」

差し出された水を一気に飲み干す楓、

「ケン、今日来たのはあたしがメインじゃないんだ、サンタだよ、もの凄いクリスマスプレゼント持ってきてるから前の公園に呼んで来てくれる？　ただしあたしのこと伏せて、泣かしてやる、死ぬほど」

「うス、任してください、でもワクワクっス、凄い物って何スか」

「フフ、きっとあんたも号泣だよ」

大河のオフィス、ドアをノックするケン、

「ボス、入ります」

「どうした？」

「ちょっと来てくれませんか」

「ケン目が赤いな、何かあったか？」

ケンその言葉にまた鼻の奥が熱くヒクついてきた、これ以上はヤバい、楓の言葉から何かあるのはビンビンに感じとっていた。

「いっいいから、早く来てください」

公園に来た二人、楓はどこにも見当たらない。

「ケン、何があるんだよ？」

「さあ」

そしてついにその時が訪れた、木陰から飛び出した楓、

「大河！」

懐かしいその声に振り向けばそこに楓がいた、一年半の時を経て再び巡り会った二人。

「久し振りだな、偉くなったじゃん、中々帰ってこないから仕方なく来てやったよ」

驚く大河、その姿を見て目が潤んでいく、

「泣くなよ大河、その涙今はまだとっといて、あたしを勝手に一人ぼっちにしたバツはそんなもんじゃ許さない、超凄いクリスマスプレゼントあげるから、涙の海で溺れ死ね」

楓がグローブを渡す。

「なんだよ、今、何、これプレゼント？」

戸惑う大河を見て優しく微笑む楓、そして叫ぶ、

「いいぞ、出てこーい」

木陰から野球帽を目深にかぶった少年が現れ振りかぶった、

「いくよ！　しっかり捕れよな」

飛んできたボールを顔の前で辛うじて受け止めた大河、球がこぼれ落ちグローブの網の隙間

から見えたのはどんなに願っても望んでも決して届かないとあきらめていた唯一無二の存在。

大河の目から滝の様に溢れてくる涙、

「夢だ、楓も海も夢なんだ、そうだよありえない」

すかさず楓の蹴りが大河の尻に飛ぶ。

「バーカ、夢じゃないよ、早くいけダメ親父、思いっ切り抱きしめてこい！」

毒舌全開、楓もケンも中村も涙が止まらない、大河はよろめきながら近づいていく、

「海、海、海」

そしてその胸に飛び込んできた、この世の全てと引き換えても余りある者が。

「パパ、パパ……」

泣き叫ぶ二人、あの一球が二年の時とわだかまりを飛び越えて繋げてくれた。

大河、楓の優しい企みに死ぬ程泣かされた、海を渡る風が小さな奇跡を優しく包む。


感動の再会が落ち着いた頃、中村が切り出す、

「工藤さん、貴方に話すべきこと、受け止めて貰うことがあります、そしてこれからやってもらうことも、少し長い話になります、辛い話もあります、時間取れますか」

「じゃあ俺のオフィスで」

「楓さんも一緒にどうぞ」

「あたしはいいや、ここでこいつらと遊んでるよ、長い話苦手だから、やれることは全部やったし後は任せるよ、優秀な弁護士さん」

中村苦笑い、

「了解です」

すべての経緯を聞き会見の映像など見終えた大河、放心状態。

「楓さんのやったことは決して褒められることじゃありません、ユキさんや海君を巻き込んで、運が良かっただけです、でも楓さんの強い信念がなかったら、岡田を追い詰め優子さんの仇を討ち、海君を陽の当たる処へ連れていくことは出来なかった、強い人です」

大河、海の身代わりになってくれたユキと優子の無念を思うと溢れる涙をこらえきれない。

「僕達は最初海君を岡田から逃がし守ろうとしました、でも楓さんだけは海君の未来を思い描き必死で戦いました、これから言うことは弁護士としてではなく共に戦った仲間として言わせていただきます、貴方だけは褒めてあげてください」

公園にいくと、三人はキャッチボールで盛り上がっている、大河、楓の前に立ち尽くす、

「楓、俺、何にも知らずに……」

「いいよ、あたしが勝手にやったことだから気にすんなよ、あ」

いきなり楓を抱きしめる大河、海とケンはそっと場を離れる。

「ありがとう、本当にありがとう、今はこれしか思いつかない、あああ」

強く抱きしめられ瞳を閉じた楓の中で何かが弾けた、一緒に泣いて笑って喧嘩して過ごした三カ月間の思い出が頭を巡り、止まっていた時間が動き始めた。

「怖かったんだよ」

「うん」

「首絞められてビルから落とされそうになったんだよ」

「うん」

「もう大河に会えないと思った」

「うん」

「海が守ってくれなかったらマジ死んでた」

「うん」

「ユキが私達の代わりになって刺されたんだよ」

「うん」

「でも、大河が一番感謝しなけりゃいけないのは優子さんだよ」

「ああ」

「……」

楓はだんだんボキャブラリーの貧相な大河にイラっとしてきた、

「もういい、暑い、離せ、うんとかああとか、もっと他に言うことないのかよ、マジ変わんないね、このニブ男」

いきなり楓の毒舌と逆鱗に触れたじろぐ大河、楓は腹を抱えて笑い出す、

「あっはは、やっぱあんたの悪口言っていじってる時が一番楽しいよ、止められないね、これからもずっと」

「何だよ、人が心から感謝してるのに」

「いいよ感謝なんてしなくて、恩は海が返してくれた、でもユキと優子さんにだけはちゃんと言ってあげて」

「ああ、必ず」

水面を渡る潮風が二人を優しく包む。


真夏のクリスマスイブ、陽が落ちて街中が極彩色のイルミネーションに煌めき始める、今夜はハーバーサイドレストランでバーベキューパーティー。

潮風があの頃の思い出を運んできた、大河と楓が暮らしたあの街によく似ている、乾杯が終わると皆それぞれの役割に忙しい、大河とケンは焼き係、中村はドリンク係、楓と海は爆喰、

「大河、あたしロース、レアでね、ドンドン焼いちゃって」

「ケン兄ぃ、俺は左手の大っきいザリガニと肉とソーセージ、がっつりお願いしまーす」

黙々と喰う楓と海、大河とケンは焼き場の煙に巻かれて涙目、

「やばいっス、何かあの二人似てないっスか、喰い方や喋り方が」

「俺といた頃はおとなしい子だったんだけどなあ、楓だ、あいつに染められたんだ、きっと」

少し顔を赤らめた中村が話に割り込んできた、

「親子なんだからいいんじゃないですか、僕らみんな楓さん、海君と一緒に戦えたこと、誇りに思ってます」

今日、中村から聞いた話はすべて驚愕すべきものだったが、中でもその話が一番驚いた。

「楓、養子の件は日本に帰ったらもう一度話し合おうな」

「やだね、大河が日本に帰っても忙しくてこの子また一人ぼっちになっちゃうじゃん、一番遊びたい盛りに二年も閉じ込められてたんだよ、あたしは認めない、母親として」

確かに楓の言う通り、まさか海が生きていたとは思いもよらず、独り身の気楽さもあって二年で十店舗出店のプロジェクトの中心にいる大河が多忙をきわめることは明らかだった。

「でも楓の両親にも迷惑かけるし」

「その事ならノープロブレムだよ、二人とも張り切っちゃってさ」

最初は突然の養子に戸惑っていたが一夜明けると海の中学のことや野球のこと、朝から晩まで楽しそうに話し合っていたらしい。

「大河、何があってもあんた達は本当の親子だよ、でも今はあたしが守る、後は海が決めることだよ、成り行きでいいじゃん」

「そうそう、成り行きでいいじゃん、俺は又パパがフラフラしないように人質だよ」

「海、あんたキレてるねえ、そうそう人質」

大河、大きくため息を吐いた。

「やばい、楓が二人いる」

食後は楓と海とケン、仲良くデザートビュッフェを漁っている。

大河は気になっていることがあり中村に問い質す。

「ところで、和田と杉内はどうなりました？」

有能な二人の店は事件後も客足は落ちることなく大繁盛、しかしビルの所有者がいない今、競売にかけられる可能性が高いと。

「そうなれば店がどうなるかはわかりません」

「そこで相談なんですが、そのビルうちで買い取ります、ドナルドさんに日本進出の拠点として不動産をと一任されてますから、一階にはうちが入ります、そしてその二店は今まで通りに、そして権利はそれぞれの名義に」

「譲渡するんですか、無償で？」

「はい、あの二人がいなかったら楓も海もどうなっていたか、それに俺はもうラーメンから離れられませんから」

「わかりました、出来るだけいい条件で買い取れるように話を進めてみます、それから」

「何か？」

「さっき楓さんが言ってたことですが、養子の件でうちに来た時、彼女真剣でしたよ、自分に何かあったらとか、保険のことなど母親の顔でした」

「わかってます、あいつがチャラけて毒舌を吐く時は誰かのことを真剣に考えている時ですから、そういう奴です」

「さすがわかってますね、僕は貴方が羨ましい、最後に一つこれを聞いてください」

中村が自分の携帯とイヤホンを取り出した。

「この中に楓さんと海君があの屋上で命を懸けて岡田と対峙した時の音声データが入ってます、大河さんはこれを聞いてしっかり受け止める義務がある」

携帯を受け取りデータを再生、大河の閉じた目から涙が溢れ出す。

「これだけのことを乗り越えて来た二人の絆はもう親子以上です、今は楓さんに海君を任せてもいいんじゃないですか、いやこれは弁護士としてではなく個人的意見ですが」

大河、無言で頷く、立ち上がり楓の元へ、

「楓、話がある」

「まだ喰いたりないんだけど」

海とケンが顔を見合わせ、楓を押し出す、

『いってらっしゃーい』

海沿いのベンチに腰掛ける二人、潮騒と海の香りが心地いい。

「あのライブの夜以来だね、こうやってるの」

「そうだな」

大河、楓の手をそっと握る。

「どしたの大胆になったじゃん、少しは自信がついたから？」

「えっ」

「あの時手紙に相当カッコいいこと書いてたけどさ、本当はあたしにビビってたんだろ、有名人って知って、わかってたよ」

大河、答えない。

「大河が、グローブを忘れるはずがないから、だから思ったんだ、いつかきっと帰ってくるって、さすがに結婚したって聞いた時はショックだったけど、どう図星でしょ」

「半分は当たってる、悔しいけど、でも、だからこのオーストラリアで頑張れた、でかくなっていつか会いにいこうって」

「カッコいいじゃん、大河がいないとあたしもピアノも食欲も調子が出ないんだよ」

楓の言葉が終わると同時に大河がその唇を塞いだ、熱く強く抱きしめ合う二人、離れていた時間の壁が段々と薄くなっていく。

「やっとすべてが一つに繋がったね、源さんの言った通りだ、あの人神ってるよね」

「ああ、凄い人だ」

「一つだけ聞きたいことがあるんだけど」

「何だよ」

俯く楓、恥ずかしそうに絞り出した。

「あたしのこと、好き？」

「二年間、ずっと思ってた、会いたい、会いたいって」

「でもまだ何も始まってないじゃん、あたしもユキと行かなきゃいけない場所がある、大河も
そうでしょ、でも時間がある時は一緒にいようね、三人で」

「当たり前だ」

「これからだね、あたし達」

「ああ、これからだ」

「あ、流れ星」

楓、指を絡めて願いを掛ける、

「何願ったんだよ」

「大河の長生き、オヤジだから」

「ほっとけ、でも海の事お願いします」

頭を深々と下げる大河。

「なんだよ、当たり前だろ、憎たらしいけど可愛い息子だし」

満天の星が雪の様に二人に降り注ぎクリスマスイブの奇跡を優しく未来へといざなう。

帰国当日、五人で卓を囲む、熱々のラーメンが並んでいる、大河とケンは残務がある為に二日遅れで帰国することに、

「わあーマジ旨そう、大河が出ていってから初めて喰うよ」

「俺もパパのラーメン喰うの初めてだ」

「お前ら、喰う喰うって、親子そろって口が悪すぎだろ、能書きはいいから」

大河、つい二人を親子と呼んで苦笑い、でも今はそれがなんとなく嬉しかった。

「わかってるよ、大河、『熱いうちに喰え』でしょ」


多摩川河川敷、粉雪がちらつくグラウンドで少年たちが白球を追いかけていた、二年前大河が見ていた悲しみの光景の中に今は海がいる、ベンチに腰掛けて見守っている楓、ユキ、中村、少し離れて尾花と三羽烏。そこに本田の運転するワンボックスカーから降りて来た大河とケン、成田空港から直接やって来た。

「おかえり、でも遅いよ」

「年末で混んでてさ、それでどうなってる試合の方は？」

「最終回、1対0で負けてる、でも一人出れば海だよ、あたしこの頃野球詳しくなっちゃって」

「わあ、一番おいしいとこじゃないっスか」

グラウンドを見渡す大河、知った顔が沢山いた、でも一番にユキのもとへ駆け寄り深く頭を下げる。

「なんといっていいか、すいません、ありがとう、本当にありがとうございました、この恩は死ぬまで絶対忘れません」

優しく笑みを浮かべるユキ、あの最後に会った日の事が無ければおそらくここでこうやっていなかっただろう。

「大河さん頭を上げて、楓と組んだ時から多少の覚悟はしてましたから、あの時大きな愛で彼女を突き放してくれたから私達ここにいる、貸し借り無しですよ、でもよかったですね」

ユキの心の強さ、優しさに大河涙ぐむ。

次に尾花と目が合った、彼は笑顔で頷く。それを見た中村が大河のそばに擦り寄り耳元で、

「尾花さん、海君の大ファンなんですよ、この前工藤さんに聞かせた屋上での音声データ、あれを聞いて飲みながら毎晩男泣きしているらしいです」

ここにいる人達はともに戦った海を仲間と認め、自分の子供の様に愛してくれているのが大河には痛い程わかった、

「楓、近藤さんの横に居る人、お前の親父さん？」

向こうもじっとこっちを睨みつけている。

「そう、うちの馬鹿じぃだよ、海と一緒にいたくてコーチやってる」

大河深く頭を下げる。

「あれは光と駆？　大きくなったなあ」

「そうだよ今、海が駆に野球教えてるんだ」

「へえー光も？」

「光はピアノで世界にいくんだ、野球はやらない、でも光が海を見る目は女だね」

「え、そうなのか」

「いいじゃん、そこんとこは成り行きで」

九回二死から海とバッテリーを組んでいる石川翔太がセンター前に弾き返し繋いでくれた。

拳を突き上げケンが叫ぶ、

「大河さんランナー出ましたよ、九回二死バッター海、熱いっス」

大河と楓、手を繋ぎ見守る。

背番号1を背負った海、軽く素振りをしてバッターボックスから大河と楓を見つけ笑顔でうなずく、審判に何度も頭を下げタイムを掛けた、二人の前に駆け寄り叫ぶ、

「パパ賭けようよ、ホームラン打ったら楓にプロポーズしなよ、きっとママもそれを望んでる、そして僕も」

周りにいる皆も笑顔で頷いている、大河はその強い言葉に驚くばかり、楓が海を優しく見つ

めながら、

「あの子、男としてはあんたより遥かに上だよ、ホントに強い、そして可愛くて仕方ないんだ、でも大河ここはバシッと決めてよね」

「わかった、どっちみち心は決まってる、俺にはお前しかいない」

「先に言うなよ、盛り上がんないじゃん」

でも嬉しそうに笑顔で大河を見つめる楓。

その言葉と同時にピッチャーが球を投げた、海は初球をジャストミート、大きく優しい弧を描き打球はフェンスを越えていった。

腕を突き上げ一塁ベースを回ったところで二人を見て微笑む海。

粉雪が舞い散る空に歓声が響く。

完

空志土（そらしど）

福岡県在住。飲食店経営。
前科なし。

熱いうちに喰え

2021年11月30日　初版第1刷発行

著　者　空 志 土
発行者　中 田 典 昭
発行所　東京図書出版
発行発売　株式会社 リフレ出版
〒113-0021　東京都文京区本駒込 3-10-4
電話（03）3823-9171　FAX 0120-41-8080
印　刷　株式会社 ブレイン

ISBN978-4-86641-465-2 C0093
Printed in Japan 2021
日本音楽著作権協会（出）許諾第2107745-101号